Deseo™

Noches ardientes

BRENDA JACKSON

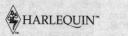

HARLEQUIN™

Editado por HARLEQUIN IBÉRICA, S.A.
Núñez de Balboa, 56
28001 Madrid

I.S.B.N.: 978-84-671-8637-6
Depósito legal: B-20417-2010
Editor responsable: Luis Pugni
Preimpresión y fotomecánica: M.T. Color & Diseño, S.L.
C/ Colquide, 6 portal 2 - 3º H. 28230 Las Rozas (Madrid)
Impresión y encuadernación: LITOGRAFÍA ROSÉS, S.A.
C/ Energía, 11. 08850 Gavá (Barcelona)
Imagen de cubierta: LSHUA /DREAMSTIME.COM
Fecha impresion para Argentina: 17.1.11
Distribuidor exclusivo para España: LOGISTA
Distribuidor para México: CODIPLYRSA
Distribuidores para Argentina: interior, BERTRAN, S.A.C. Vélez
Sársfield, 1950. Cap. Fed./ Buenos Aires y Gran Buenos Aires,
VACCARO SÁNCHEZ y Cía, S.A.
Distribuidor para Chile: DISTRIBUIDORA ALFA, S.A.

Prólogo

Chloe Burton se acercó al cristal para ver mejor al hombre que cruzaba la calle y su corazón se aceleró. Nunca había visto a un hombre tan atractivo.

Continuó mirándolo mientras se detenía a hablar con otro hombre delante de una tienda de pienso. Era alto, de cabello oscuro y sexy desde el sombrero Stetson hasta las gastadas botas camperas. Por cómo se le ajustaban los pantalones a las caderas, debía tener unas piernas poderosas y unas nalgas firmes, además de anchos hombros y marcados abdominales. En definitiva, tenía todas las características que separaban a un niño de un hombre de verdad.

Cuando se echó el sombrero hacia atrás, Chloe vio que tenía la piel tostada y los ojos tan oscuros como el cabello, además de una boca de labios voluptuosos que le hicieron humedecerse los suyos.

Bastaba mirarlo para que una mujer se sintiera excitada. Incluso desde aquella distancia, ella misma sentía calor y un hormigueo interno, algo que no le había pasado en sus veintiocho años de vida.

De hecho, en el último año no había salido con

nadie, en parte porque su relación con Daren Full-bright le había resultado insatisfactoria, una total pérdida de tiempo de un año que la había dejado sin ganas de meterse en otra.

Sus amigos creían que no le interesaba el amor y quizá tuvieran razón, pues prefería meterse en la cama con un buen libro que con un miembro del sexo opuesto.

Y de pronto, un completo desconocido le hacía la boca agua. Especialmente en aquel instante cuando, plantado con las piernas abiertas y las manos en los bolsillos, sonrió y se le formaron dos irresistibles hoyuelos en las mejillas.

—¿Qué estás mirando, Chloe?

Chloe se sobresaltó. Casi había olvidado que estaba acompañada. Miró a su amiga de la infancia, Lucia Conyers, que se sentaba al otro lado de la mesa.

—Mira a ese hombre de la camisa azul, Lucia, y dime qué ves. ¿No te parece perfecto para el primer número en Denver de *Irresistible*? —preguntó con una excesiva animación que habría preferido disimular.

Era la dueña de la revista *Irresistible*, dedicada a la mujer moderna. Había comenzado como una publicación regional pero durante los últimos años se había expandido a nivel nacional. El número más importante del año era el *Hombre Irresistible*, en el que se incluía un artículo en profundidad sobre un hombre que la revista consideraba digno de ser calificado de «irresistible». Con la ampliación de la revista, Chloe había convencido a su amiga Lucia de que dirigiera la edición de Denver.

Al no recibir respuesta de Lucia, Chloe sonrió.

–¿Qué me dices?

Lucia la miró.

–Ya que lo preguntas te diré lo que veo: a Ramsey Westmoreland, uno de los muchos Westmoreland. Y la respuesta a si sería el candidato ideal es que sí, pero sé que no lo hará.

Chloe arqueó una ceja.

–Eso quiere decir que lo conoces.

Lucía sonrió.

–Sí, pero no tan bien como a alguno de los Westmoreland más jóvenes. Fui al colegio con sus hermanos y sus primos. Muchos de ellos son tan guapos como él, y puede que sean más fáciles de convencer. Olvida a Ramsey.

Chloe miró por la ventana convencida de dos cosas: la primera, que no lo olvidaría; y la segunda, que a Lucia le gustaba alguno de los Westmoreland más jóvenes.

–Pero es a él a quien quiero, Lucia –dijo con determinación–. Y ya que lo conoces, pregúntaselo. Evidentemente, le pagaremos por su tiempo.

Lucia rió.

–Ése no es el problema, Clo. Ramsey es uno de los ganaderos más ricos de Colorado, pero todos sabemos que es muy celoso de su intimidad. Te aseguro que no lo hará.

Chloe quiso pensar que su amiga se equivocaba.

–Aun así, pregúntaselo.

Volvió a mirar por la ventana y sonrió. Era el hombre perfecto y lo quería para su revista.

–No sé si me gusta la expresión de tu cara, Chloe, la he visto antes y sé lo que significa.

Chloe no podía evitar sonreír, y si alguien tenía la culpa era su padre, el senador Jamison Burton, de Florida, que la había criado tras la muerte de su madre de cáncer cervical cuando ella tenía dos años. Su padre era el hombre al que más admiraba y quien le había enseñado que cuando se deseaba algo verdaderamente, había que hacer lo posible para conseguirlo.

Siguió mirando por la ventana mientras la conversación entre Ramsey Westmoreland y el otro hombre concluía y aquél entraba en la tienda, caminando de una forma que la dejó sin aliento.

No cabía duda: volvería a verlo de nuevo.

Capítulo Uno

–No entiendo por qué no vas a posar para esa revista, Ram.

Ramsey, que estaba moviendo un fardo de paja al corral de las parideras, no se molestó en mirar a su hermana pequeña, Bailey, que siempre se entrometía en cualquier cosa que afectara a alguno de sus cinco hermanos.

–Ramsey, no pienso moverme hasta que me digas algo.

Ramsey sonrió porque sabía que si le ordenaba que se fuera, lo haría. Aunque ocasionalmente demostraba su carácter retador, sabía a qué atenerse cuando él le marcaba los límites, a pesar de que durante unos años ella y su primo Bane se habían empeñado en ponerle a prueba, como si creyeran que meterse en líos formaba parte de la esencia de la vida.

Desde entonces y tras terminar sus estudios de secundaria, Bailey había empezado una carrera universitaria, y Bane había sorprendido a todo el mundo al tomar la decisión, hacía un mes, de entrar en el ejército. De hecho, la vida de los Westmoreland llevaba tiempo dominada por una total calma; tanto, que el propio Ramsey, aunque no lo hubiera admitido jamás, la encontraba un tanto aburrida.

–No tengo nada que decir –decidió responder–. Simplemente, he rechazado la oferta.

–¿Eso es todo?

–Eso es todo –Ramsey supuso que Bailey le estaría dirigiendo una mirada incendiaria.

–¿Por qué? ¿No has pensado en la publicidad?

Ramsey decidió mirarla con una expresión que habría hecho retroceder a cualquiera menos a su hermana de veintiún años.

De sus tres hermanas, Megan, de veinte cinco años y Gemma, de veintitrés, Bailey era la más testaruda y la única que pondría a prueba al mismísimo Job.

–No quiero publicidad, Bailey. Ya tuvimos bastante con la que Bane, tú y los gemelos nos proporcionasteis

Bailey ni se inmutó.

–Eso fue en el pasado. Estamos hablando del presente, y la publicidad no nos iría mal.

Ramsey estuvo a punto de reír.

–¿Quién la necesita?

Tenía demasiado trabajo como para perder el tiempo charlando de naderías. Nellie, que había cocinado para él y para sus hombres los últimos dos años, había tenido que ausentarse el día anterior al recibir la noticia de que su única hermana, que vivía en Kansas, había sido operada de apendicitis de urgencia. Pasarían al menos dos semanas antes de que volviera, así que en plena época de esquila y con más de veinte hombres a los que alimentar, Ramsey necesitaba una cocinera desesperadamente. El día anterior había llamado a la agencia de empleo, le habían dicho que tenían a la persona perfecta y que se presentaría a la mañana siguiente.

—Sería buena publicidad para ti y para el rancho, para que todo el mundo sepa el gran ganadero que eres.

Ramsey sacudió la cabeza. Nunca le había interesado tener una proyección pública. Se sentía muy unido a su familia, pero respecto al mundo exterior prefería permanecer aislado. Todos los que le conocían sabían que era muy celoso de su vida privada. También Bailey, y por eso no comprendía por qué se molestaba en insistir.

—El rancho no necesita ese tipo de publicidad. Me han pedido que pose para una revista de chicas —Ramsey nunca había leído *Irresistible*, pero podía imaginarse el tipo de artículos que incluía.

—Debías sentirte halagado, Ram.

Ramsey puso los ojos en blanco.

—Como quieras —miró el reloj por dos motivos: era lunes y Bailey tenía clase en la universidad, y su nueva cocinera llegaba diez minutos tarde.

—Me gustaría que te lo pensaras.

—No —dijo Ramsey con firmeza—. ¿No deberías estar en clase? —salió del establo y fue hacia la casa que había terminado de construir el año anterior.

Bailey lo siguió pisándole los talones y Ramsey

recordó cómo, cuando tenía siete años, acostumbraba a hacer lo mismo. Acababan de perder a sus padres y a sus tíos en un accidente de avión y Bailey no soportaba perderlo de vista. Aquel recuerdo le hizo esbozar una sonrisa.

–Sí, tengo clase, pero antes quería hablar contigo –dijo Bailey a su espalda.

Ramsey se volvió con las manos en los bolsillos.

–Vale, lo has intentado y has fracasado. Adiós, Bailey.

La vio poner los brazos en jarras y alzar la barbilla. Ramsey conocía bien la cabezonería Westmoreland, pero como era lógico, sabía cómo lidiar con ella.

–Creo que te equivocas. Yo estoy suscrita a esa revista y te sorprenderías –explicó–. No es una revista de chicas, sino que incluye buenos artículos, algunos sobre salud. Una vez al año, eligen a un hombre para la portada, el hombre que representa la fantasía amorosa de toda mujer.

¿La fantasía amorosa de toda mujer? La idea hizo reír a Ramsey, que no se consideraba más que un rudo ganadero de Colorado, tan ocupado que ni siquiera recordaba la última vez que había intimado con una mujer. Su vida consistía en trabajar desde el amanecer hasta el anochecer los siete días de la semana.

–Si me equivoco, será culpa mía, enana, pero sobreviviré a mi error, y tú también. Ahora, lárgate.

Media hora más tarde, estaba solo en la cocina,

apagando el teléfono tras hablar con Colin Lawrence, uno de los esquiladores. A causa de una tormenta de nieve que había tenido lugar varias semanas atrás la temporada se había retrasado, y debían concluirla en dos semanas para llegar a tiempo a la temporada de cría de corderos. A partir de aquel mismo día, los trabajos tendrían que acelerarse para cumplir el calendario.

Colin había llamado para decirle que dos ovejas preñadas se habían escapado del corral de esquila y vagaban por el campo, y que los perros estaban teniendo dificultades para devolverlas al redil. Ramsey no podía permitir que la esquila se retrasara, así que tendría que acudir con la mayor prontitud posible al establo de la zona norte.

Fue hacia la puerta al oír aproximarse un coche. Miró el reloj. Ya era hora de que la cocinera llegara. Se había retrasado más de una hora, y tendría que explicarle que ése era un comportamiento inaceptable.

Chloe detuvo el coche ante un rancho de dos pisos y suspiró. No estaba dispuesta a aceptar el «no» que Ramsey Westmoreland le había dado por respuesta a Lucia. Ésa era la razón de que hubiera cancelado sus merecidas vacaciones en las Bahamas para convencerlo en persona.

Siguiendo el GPS cada vez más lejos de Denver y adentrándose en lo que los residentes locales llamaban Territorio Westmoreland, no había dejado de preguntarse por qué alguien querría vivir tan lejos de la civilización, algo que para ella era un misterio insondable.

Al mirar por la ventanilla, pensó en el hombre que ocupaba su mente desde hacía dos semanas y al que estaba decidida a convencer para que ocupara la portada de su revista. Si había un hombre irresistible, era él.

Tras abandonar la carretera principal, había encontrado una gran señal de madera que anunciaba *Rancho Shady Tree*, y debajo: *Territorio Westmoreland*. Lucia le había dicho que cada uno de los quince Westmoreland poseía una propiedad de cien acres en la que habían construido su residencia. La casa principal ocupaba un terreno de trescientos acres.

Durante el recorrido, había ido encontrando distintas señales que indicaban a cuál de los miembros de la familia pertenecía el correspondiente rancho: Jason, Zane, Derringer…, hasta que finalmente, había llegado al de Ramsey.

Chloe había hecho todas las averiguaciones precisas sobre Ramsey Westmoreland. Tenía treinta y seis años, se había graduado en economía agraria y se dedicaba a la cría de ganado ovino desde hacía cinco años. Con anterioridad, él y su primo Dillon, que era siete meses mayor que él, habían dirigido una constructora multimillonaria, Blue Ridge, que habían heredado de sus padres. Tras asegurarse de que la compañía funcionaba sin problemas, Ramsey le había cedido la gestión a Dillon para dedicarse a lo que siempre había querido ser: ranchero.

También supo que sus padres y sus tíos habían muerto en un accidente cuando Ramsey estaba en el último año de universidad, y que los últimos quince años él y Dillon habían cuidado de sus hermanos pequeños. Dillon se había casado hacía tres meses, y él y su mujer, Pamela, repartían su tiempo entre el rancho y la ciudad de Wyoming.

En conjunto, Ramsey Westmoreland era el tipo de hombre que cualquier mujer querría llegar a conocer y por tanto, perfecto para su revista.

Aunque no podía evitar sentir mariposas en el estómago al pensar que iba a volver a verlo, estaba decidida a actuar como la profesional que era, y explicarle que la lana que sus ovejas producían terminaba convertida en las prendas que las mujeres compraban, por lo que explicar ese proceso sería de gran interés para sus lectoras.

Respiró profundamente y abrió la puerta del coche al mismo tiempo que el hombre que la atormentaba hacía días salía de la casa con gesto huraño.

–¡Llega tarde! –dijo con severidad.

Ramsey intentó no quedarse mirándola, pero no pudo evitarlo. ¿Aquélla iba a ser su cocinera? Con el cabello negro ondulado y unos ojos de mirada seductora, parecía una modelo, y Ramsey se sintió sexualmente vivo por primera vez en mucho tiempo.

El despertar de su libido era lo último que necesitaba cuando debía concentrar toda su energía en el trabajo, y por un instante estuvo a punto de decirle que se fuera. Pero recordó que tenía veinte hombres que alimentar, a los que tras un nefasto desayuno que él mismo había preparado, les había prometido un buen almuerzo. SI esa mujer se quedaba, tenía la certeza de que todos ellos pensarían que era un verdadero manjar.

—Perdón, no he entendido bien.

Ramsey bajó los escalones del porche y fue hacia ella.

—He dicho que llega tarde y que se lo descontaré de su salario. La agencia me dijo que llegaría a las ocho y son las nueve. Mis hombres necesitan comer. Espero que sepa llevar una cocina

En lugar de preguntarle de qué hablaba, Chloe se limitó a decir:

—Claro que sé llevar una cocina.

—Pues ponga manos a la obra. Ya hablaremos cuando venga a almorzar, pero será mejor que sepa que no soporto la falta de puntualidad —concluyó Ramsey mientras se acercaba a su camioneta.

Chloe dedujo que esperaba una cocinera que, evidentemente, no había llegado. Lo mejor sería decirle que estaba equivocado.

—¡Espere!

Él se volvió y su mirada hizo que Chloe sintiera una oleada de calor y que se le endurecieran los pezones.

—Lo siento, pero no tengo tiempo. Encontrará todo lo que necesite en la cocina.

Y antes de que Chloe pudiera protestar, subió a la camioneta y partió.

Chloe pensó en marcharse y volver en otra ocasión, pero no pudo evitar preguntarse qué le habría pasado a la cocinera, y si habría oído bien que tenía que preparar comida para veinte hombres.

Se frotó el rostro con las manos. Tenía que haber alguien que pudiera darle su móvil para llamarlo y explicarle su error.

Se volvió hacia la casa, que Ramsey había dejado abierta, y decidió entrar para llamar a Lucia.

Al subir las escaleras del porche dedujo, por el vivo color de la pintura, que debía tratarse de una casa relativamente nueva. Había numerosas ventanas desde las que se divisaba una vista de las montañas, y que aprovechaban la luz al máximo. El porche bordeaba todo el edificio y en él había un balancín, que resultaba tentador incluso en aquella heladora mañana de marzo.

Chloe entró y cerró la puerta tras de sí. Daba directamente a una gran sala de cuyo centro arrancaba una escalera de caracol. Apenas había mobiliario, pero las piezas que la ocupaban eran de aspecto sólido y confortable. Varios cuadros de estilo clásico colgaban de las paredes. El suelo era de madera, con algunas alfombras marcando distintos espacios.

Estaba a punto de ir a lo que suponía que era la cocina cuando sonó el teléfono y, sin pensárselo, respondió.

–Hola.

–Soy Marie Dodson, de la agencia de colocación. ¿Puedo hablar con el señor Westmoreland?

–No está en este momento.

–Por favor, dígale que ha habido un error y que la cocinera interna que iba a su casa esta mañana ha sido enviada a otro lugar.

Chloe tamborileó sus inmaculadas uñas en un cuadernillo.

–No se preocupe; se lo diré.

–Sé que su cocinera habitual ha tenido que irse por una emergencia y siento terriblemente dejarlo en la estacada con tantos hombres para alimentar –dijo la mujer, compungida.

–Estoy segura de que lo entenderá –dijo Chloe por decir–. De hecho, creo que ha encontrado una solución –añadió.

Justo cuando colgaba se le ocurrió una idea. Aunque su padre la había mimado hasta lo indecible, nunca había olvidado sus orígenes y creía firmemente en el deber de ayudar a los menos privilegiados. Por ese motivo, ella había pasado los veranos trabajando como voluntaria en albergues para personas sin techo, cocinando para grandes cantidades de gente.

Mamá Francine, que había cocinado en albergues durante años, le había enseñado todo lo que necesitaba saber, y después de tantos años, Chloe supo que aquel aprendizaje no había sido en vano.

Se acarició la barbilla.

Quizá si ayudaba a Ramsey Westmoreland a salir

aquel día del aprieto en el que se encontraba él no tendría más remedio que devolverle el favor. Sobre todo si conseguía que se sintiera verdaderamente en deuda con ella.

Sonrió felinamente, y tras mirar el reloj, se quitó la chaqueta y se remangó la camisa.

Un buen favor merecía ser compensado, y Chloe esperaba que Ramsey Westmoreland estuviera de acuerdo con esa filosofía.

Capítulo Dos

Ramsey detuvo la camioneta apretando los dientes. Había tenido que alejarse de aquella mujer tan precipitadamente que no le había preguntado su nombre. Nunca había tenido un golpe de testosterona tan súbito ni había sentido despertar su apetito sexual tan violentamente. ¿Cómo iba a convivir con una cocinera así durante dos semanas? ¿Cómo iba a sobrellevar una situación así? No podía imaginarse viviendo bajo el mismo techo que ella cuando había bastado mirarla para sentirse atraído por ella como si fuera un imán, y desde ese instante no había dejado de tener pensamientos lujuriosos.

Lo que debía hacer era volver, despedirla y llamar a la agencia de colocación para que enviaran una sustituta. Pero como no le podrían mandar a nadie antes del almuerzo, no tendría más remedio que quedarse con aquélla al menos por un día. ¿Y si la agencia no encontraba otra para reemplazarla...?

Se frotó la cara con las manos. Estaba en una situación complicada. Los hombres llevaban trabajando desde la seis de la mañana sin descanso y se merecían un buen almuerzo, y él, su jefe, era responsable de que no les faltara.

Cuando llegaba al cobertizo en el que se llevaba a cabo la esquila, pensó que debía llamarla para asegurarse de que todo iba a bien, pero cambió de idea. Aunque apenas habían intercambiado unas palabras, había encontrado su voz extremadamente sexy.

Parecía joven, más o menos de la edad de Megan, que cumpliría veinticinco años en unos meses. ¿Por qué querría trabajar en un rancho una mujer de esa edad? Frunció el ceño. Hacía mucho tiempo que no se interesaba por una mujer y aquél no era el momento para cambiar de actitud.

Chloe miró a su alrededor con una sonrisa de satisfacción. No podía negar que había necesitado que Mamá Francine la guiara paso a paso para hacer la tarta de melocotón, pero después de un rato, al familiarizarse con la cocina, Chloe se había sentido en su elemento. Le gustaba cocinar aunque no quisiera dedicarse a ello regularmente y menos para un pequeño ejército.

Ramsey Westmoreland tenía una cocina bien equipada, con magníficas superficies de granito y una buena colección de cazos de acero inoxidable que colgaban de una estructura de madera. Contaba con un frigorífico de tamaño industrial, un gran fogón y una despensa perfectamente provista.

Chloe había hojeado el libro de cocina de la cocinera y había averiguado que los lunes preparaba pollo con judías verdes y pudín de postre. Para Chloe, se trataba de un menú insulso y decidió cambiarlo, así que optó por una lasaña con ensalada mixta y tortas al estilo texano. De postre, tarta de melocotón.

Además, había puesto la mesa de manera distinta a como la encontró. Aunque suponía que llegada la hora de comer unos hombres hambrientos no repararían en cuestiones estéticas, cambió el mantel de cuadros escoceses que parecía llevar unos cuantos días puesto, por uno amarillo intenso.

Evidentemente, el señor Westmoreland, consciente de que siempre tendría que alimentar a grandes grupos, había construido un comedor de acceso directo a la cocina, con una gran mesa y sillas confortables para unas cincuenta personas.

En opinión de Chloe, eso demostraba que, además de tener sentido práctico, era un buen jefe, que cuidaba de sus empleados haciéndoles sentir lo bastante importantes como para comer en la casa de su señor en lugar de ser relegados a comer en los barracones.

Miró la hora y se dio cuenta de que le quedaba algo menos de un cuarto de hora para acabar de poner la mesa cuando oyó un vehículo detenerse en el exterior. Al mirar por la ventana, reconoció la camioneta de Ramsey.

Respiró hondo y se cuadró de hombros para no dejarse apabullar. Por muy guapo que fuera, su único interés era que posara para la revista. Volvió a mirar por la ventana y al ver que no se bajaba, supuso que sus hombres llegarían a continuación, así que fue al fogón e hizo los últimos preparativos.

Ramsey se reclinó en el asiento de cuero y contempló su casa sin saber si estaba preparado para entrar. Por curiosidad, bajó la ventanilla y olisqueó el aire.

Creyó reconocer un aroma italiano a la vez que se preguntaba desde hacía cuánto tiempo sus hombres y él comían pollo los lunes. Nellie era una gran cocinera, pero detestaba los cambios. Los hombres sabían qué esperar cada día de la semana.

Sabiendo que no podía quedarse sentado en la camioneta indefinidamente, Ramsey se bajó, y antes de que la hubiera rodeado, se abrió la puerta de su casa. En cuanto vio a la mujer que salió al porche, se quedó paralizado.

Sus ojos no le habían engañado por la mañana. Era tan espectacularmente hermosa que cada hormona masculina de su cuerpo cobró vida, y cuando notó un nudo en el estómago, tuvo la certeza de que tenía que despedirla lo antes posible. No iba a poder tolerar su presencia.

Chloe lidiaba con sus propias dudas mientras observaba el rostro severo de Ramsey y se preguntaba qué le hacía estar tan tenso cuando, al fin y al cabo era ella quien había pasado las últimas horas trabajando delante del fogón. De hecho, de conocer la realidad y saber que lo había salvado de una catástrofe, debería besarle los pies. Y pensando en que le besara los pies…

Chloe se quedó atrapada por esa imagen a la que sucedió otra de los labios de Ramsey besando otras partes de su cuerpo. Sólo pensarlo le hizo apretar los puños al tiempo que la ahogaba una oleada de ardiente deseo. Aquel hombre le causaba tal torbellino de emociones que, sólo por obligarla a sofocarlas, estaba en deuda con ella.

Pero en aquel momento, Ramsey Westmoreland ofrecía un aspecto tan intimidante que Chloe no estaba segura de querer saldar ninguna deuda con él. Su expresión indicaba que era capaz de expresar sus opiniones sin importarle el efecto que pudiera causar en sus interlocutores. Y Chloe intuía que no era un hombre que cometiera errores o que pudiera ser manipulado por una mujer, algo que la afectaba directamente porque, aunque no hubiera nada entre ellos, estaba acostumbrada a mantener relaciones en las que ella tenía un control absoluto.

Decidiendo que ya habían pasado tiempo suficiente midiéndose mutuamente, habló ella:

–Tenía tanta prisa esta mañana que no pude presentarme. Soy Chloe Burton.

–Tenía prisa porque usted ha llegado tarde.

Era evidente que la tolerancia no era una de sus características.

–Nadie me dio direcciones –dijo ella frunciendo

el ceño–. De hecho, es un milagro que llegara, señor Westmoreland.

Por la manera en que él arqueó una ceja, Chloe dedujo que no estaba acostumbrado a que le contestaran. Suspiró, pensando una vez más que él necesitaba relajarse. La vida era un asunto serio, pero no tanto. Su padre había actuado de la misma manera hasta que, hacía unos años, había sufrido un ataque al corazón.

–¿Cuándo llegan los hombres? He preparado un festín –dijo para cambiar de tema.

Ramsey la miró intensamente entornando los ojos.

–Vendrán en cualquier momento, así que será mejor que hablemos ahora mismo.

Chloe decidió en aquel mismo momento que no quería hablar. La voz de Ramsey era como todo él, insoportablemente sexy. La melodía de su acento le agarrotaba las entrañas. Estar delante de él los últimos minutos la había dejado entumecida, con el corazón acelerado y había despertado cada una de sus hormonas femeninas tal y como ya había hecho al verlo por primera vez. Además, despertaba en ella emociones cálidas, sentimientos contradictorios que no recordaba haber tenido antes. Y nada de todo eso era bueno.

–¿De qué tenemos que hablar? Ya me ha dejado claro que he llegado tarde y que me va a reducir la paga. ¿Qué más quiere? ¿Mi sangre?

Ramsey se tensó. Era evidente que la mujer había olvidado quién de los dos era el jefe. Abrió la boca para decírselo, pero la cerró al oír motores aproximándose.

–Tendremos que esperar hasta después del almuerzo –dijo, crispado.

Y sin más, fue hacia el barracón para asearse.

Ramsey se reclinó en el respaldo del asiento pensando que nunca había comido una lasaña tan deliciosa y por los rostros de felicidad de sus hombres, dedujo que ellos tampoco. También había observado que no era el único al que le agradaba mirar a la señorita Burton, que se había esmerado en que no les faltara nada. Inicialmente le había hecho gracia que algunos de los chicos coquetearan con ella descaradamente. Pero ella había sabido mantener un grado de profesionalidad que lo había impresionado. Hasta Eric Boston y Thelon Hinton, los dos conquistadores del grupo, se habían dado cuenta de que no tenían nada que hacer y habían abandonado su actitud seductora.

Otra cosa que le había impresionado positivamente de Chloe Burton fue el esfuerzo que se había tomado para redecorar el comedor y para cambiar el menú.

Ramsey contaba con unos trabajadores excelentes, que trabajaban de sol a sol. Cuando acabara la esquila, parte de ellos se dedicarían a la cría de corderos y los demás volverían al pastoreo.

–Veo que tú tampoco puedes dejar de mirarla, Ram.

Ramsey lanzó una aguda mirada a Callum Austell. Cuando Ramsey decidió convertirse en ranchero, fue a pasar seis meses en uno de los mayores ranchos de Australia. Allí había conocido al australiano, el hijo pequeño del dueño del rancho. Callum había accedido a volver con él a Estados Unidos para ayudarlo. De eso hacía tres años, y Callum seguía con él. Era quien le había enseñado prácticamente todo lo que sabía sobre ovejas, y Ramsey lo consideraba un buen amigo.

—Eso son imaginaciones tuyas, australiano —dijo Ramsey, aunque sabía que tenía razón.

Claro que la razón de observar a Chloe era meramente práctica. Como su jefe, debía asegurarse de que sabía hacer su trabajo y que se comportaba adecuadamente. Después de todo, tenía a sus órdenes veinticinco trabajadores en total, y todos eran hombres.

—Yo creo que no, pero si prefieres engañarte, haz lo que quieras —replicó Callum—. Sólo tengo que decir que ha manejado a Eric y a Thel magistralmente. Seguro que les ha roto el corazón.

Ramsey resopló con incredulidad. De ser así, se lo tenían merecido. Miró el reloj. Había llegado la hora de volver al trabajo, y sus hombres, conocedores de la importancia que daba a la puntualidad, habían empezado a levantarse y se despedían de Chloe dándole las gracias y diciendo cuánto habían disfrutado la comida.

Él también se puso en pie, pero se quedó atrás

para hablar con su cocinera. Callum tomó su sombrero y se acercó a él.

–Espero que no vayas a estropearlo todo –dijo en voz baja, escrutando su rostro–. La comida nos ha gustado a todos, y ella también. Nos gustaría que se quedara. Al menos, hasta que vuelva Nellie.

Sin mirarlo, Ramsey masculló:

–Ya veremos.

Y eso era todo lo que pensaba decir. Estaba de acuerdo en que aquella mujer los había impresionado a todos con su cocina y su comportamiento, pero Callum tenía razón. Igual que los demás, él no había podido quitarle los ojos de encima. Había comido la lasaña mientras imaginaba que era a ella a quien se comía. Su libido estaba tan activa que no podía pensar en otra cosa y la llama que quemaba sus entrañas no tenía visos de apagarse.

Cuando se aseguró de que todos los hombres habían salido, respiró profundamente. A su espalda, oyó el ruido de platos y se volvió para mirar a Chloe recogiendo la mesa. Deslizó la mirada por su cuerpo, apreciando lo bien que se ajustaban los vaqueros a su trasero y constatando que tenía unas piernas largas que no le costó imaginar en minifalda.

Sacudió al cabeza con incredulidad por su fetichismo hacia las mujeres con falda corta. No podía negar que era un hombre al que le gustaban las piernas. Por eso mismo no podía entender que Chloe consiguiera producirle el mismo efecto en pantalones.

En cualquier caso, nada de eso tenía importancia porque estaba decidido a que se marchara en cuanto consiguiera una sustituta. La tentación era peligrosa y no estaba dispuesto a desarrollar un problema de sonambulismo si esa mujer se alojaba bajo su mismo techo.

La idea era impensable por muchas razones, pero la principal era que si había convertido su rancho en uno de los más exitosos del país, era porque volcaba toda su energía en él, y no perdía el tiempo con mujeres.

Se apoyó en la encimera, optando por no interrumpirla en mitad de su tarea… mientras él disfrutaba contemplándola.

Westmoreland estaba agitado, pero Chloe se negaba a dejarse contagiar. Estaba demasiado ocupada como para discutir. En cuanto acabara de recoger la mesa, le explicaría que no era cocinera, que había preparado el almuerzo como un favor y que esperaba ser compensada con otro.

Por encima del silencio podía oír su rítmica respiración. Y aunque se esforzaba por no mirarlo, sentía sus ojos clavados en ella, analizándola. Era evidente que estaba prestando mucha atención a su trasero, o al menos eso deducía del calor que sentía en esa parte de su anatomía. Más de un hombre le había dicho que tenía un bonito trasero, redondo y respingón, pero le había resultado indiferente hasta que Ramsey Westmoreland se lo había mirado.

En aquel momento, por contraste, sentirse observaba le agarrotaba la garganta. Cada vez que le lanzaba una mirada veía que la estudiaba intensamente, y Chloe sentía sus ojos quemarle la piel.

Sin poder aguantar un segundo más la situación, se dio media vuelta con el ceño fruncido.

—Ya es hora de que hablemos.

Él asintió sin apartar la mirada.

—Muy bien. Pero antes que nada quiero decir que ha hecho un trabajo excelente, y que tanto los hombres como yo estamos impresionados.

Chloe pestañeó desconcertada. No esperaba un piropo, y menos, expresado con aquella voz de terciopelo.

—Gracias, me alegro de que les haya gustado.

—También les ha gustado usted —Ramsey arqueó una ceja al aclarar—. Quiero decir que han disfrutado de su presencia.

Chloe se preguntó qué era lo que pensaba decirle, pero supuso que lo averiguaría pronto.

—Yo también lo he pasado bien —dijo, dejando los platos en el fregadero. Había llegado el momento de aclarar las cosas—. Señor Westmoreland, creo que ha…

—Ramsey, por favor. Todo el mundo me tutea. Hay quien me llama Ram.

Chloe sonrió.

—Y tú puedes llamarme Chloe —dijo, mientras lo observaba y confirmaba una vez más que era el hombre perfecto para la portada de su revista, aunque fuera más complejo de lo que había esperado inicialmente.

De hecho, empezaba a sentir curiosidad por saber qué le gustaba, qué le haría perder aquella contención que parecía ser el sello de su personalidad. ¿Habría alguna manera de conseguir que se relajara?

De acuerdo a sus averiguaciones, Ramsey Westmoreland salía con mujeres muy ocasionalmente y no había ninguna presencia femenina constante en su vida. Su última relación duradera había sido con la que llegó a ser su prometida, Danielle McKay. Pero ésta había arruinado el día de su boda, interrumpiendo al sacerdote en medio de la ceremonia y huyendo. De eso hacía más de diez años y era de esperar que Ramsey ya hubiera superado el golpe.

Además de la fotografía de portada, quería una entrevista con él y podía imaginar que conseguir que hablara sería aún más difícil que lograr que posara. Había pensado en mandarle a alguno de sus más incisivos reporteros, pero después de conocerlo personalmente, sabía que eso no funcionaría. No conseguirían sacarle ni una palabra.

De pronto tuvo una idea. Lo mejor sería matar dos pájaros de un tiro. Quería su fotografía y una entrevista. Quería saber por qué había decidido dedicarse a la ganadería, convertirse en ranchero. Sus lectores agradecerían una visión del personaje desde dentro. Y la mejor manera de averiguar lo más posible sobre él era pasar tiempo con él. No había duda de que representaba la perfección masculina y sentía curiosidad por descubrir qué había bajo aquel hermoso rostro y aquel musculoso cuerpo.

Chloe se mordisqueó el labio inferior. Sabía que tenía que decirle la verdad, pero algo le impedía hacerlo.

—¿Por qué decidiste dedicarte a la cría de ovejas? —decidió preguntar. No tenía sentido perder el tiempo en averiguar lo que quería.

Ramsey puso cara de sorpresa.

—¿Por qué quieres saberlo?

—Por curiosidad —la suspicacia parecía ser otra de sus características—. La mayoría de la gente de esta zona se dedica a los caballos o al ganado vacuno. ¿Por qué elegiste las ovejas?

Ramsey se había hecho esa pregunta en numerosas ocasiones, y contestó tal y como solía hacerlo.

—Desde que visité un rancho de ovejas con mi padre, siendo pequeño, siempre tuve el sueño de tener uno. Mi padre compartía ese sueño, pero murió antes de lograrlo.

—Lo siento.

Ramsey vio que era sincera y se preguntó qué tenía aquella mujer para que le abriera su alma.

—Escucha, Chloe, lo que tengo que decirte es… —en ese momento sonó su teléfono y contestó—. ¿Sí? —la sonrisa que iluminó su rostro dejó a Chloe sin aliento—. ¿Dillon? ¿Cuándo has llegado? —hizo una pausa—. Ahora mismo voy —guardó el teléfono—. Tengo que irme. Volveré en una hora y hablaremos —fue hacia la puerta.

–Para entonces ya me habré ido.

Ramsey se volvió desconcertado.

–¿Adónde?

–A la ciudad.

Ramsey se apoyó en la puerta.

–¿No te dijeron en la agencia que pedí una cocinera interna? El desayuno se sirve a las cinco de la mañana.

–¡A las cinco! –Chloe lo miró con suspicacia–. ¿Tu otra cocinera vivía aquí?

–No, pero Nellie y su marido viven a pocos kilómetros. Viene cada mañana a las tres y se marcha por la tarde –Ramsey arqueó una ceja–. ¿Qué te dijeron en la agencia? Ésta es la temporada del año de más trabajo en el rancho. No puedo estar pendiente de que la cocinera llegue a tiempo.

–Vendré a la hora –se oyó decir Chloe–. Lo prometo.

Ramsey frunció el ceño. ¿No había decidido buscar otra cocinera? ¿Por qué insistía en que se quedara a pasar la noche en lugar de estar encantado de que no lo hiciera? Prefirió pensar que su única preocupación era que sus hombres se quedaran sin desayuno.

La miró amenazador.

–Será mejor que cumplas tu palabra. Cierra la puerta cuando te vayas. Nos veremos por la mañana –dijo. Y salió.

Chloe mantuvo la respiración hasta que la puerta se cerró a su espalda.

Capítulo Tres

—Clo, dime que bromeas.

Chloe dejó la maleta en el suelo y miró a Lucia, que la observaba con preocupación. Chloe había decidió ir a pasar la noche al rancho para no correr el riesgo de llegar tarde.

—¡Vamos, Lou, no tienes de qué preocuparte! Yo le hago un favor y él tendrá que devolvérmelo.

—No creo que él lo vea así. Además de invadir su intimidad, estás engañándolo.

—No es verdad.

—Sí lo es. Y cuando se entere va a montarse un escándalo. Para entonces tú estarás de vuelta en Florida, pero yo vivo aquí, y sufriré las consecuencias. No conoces a los Westmoreland. Si atacas a uno, atacas a todos.

—¿Y a qué Westmoreland te preocupa molestar, Lucia? —preguntó Chloe, cruzándose de brazos.

—A ninguno —dijo Lucia, esquiva.

—Lou, estás hablando conmigo y sabes que no puedes mentirme. No me hagas perder el tiempo y dime quién es.

—El hermano de Ramsey —dijo Lucia a regañadientes—, Derringer.

Chloe la miró perpleja ante el amor que reflejaba la mirada de su amiga.

–¿Derringer Westmoreland? Nunca me habías hablado de él.

Lucia sonrió con tristeza.

–Lo quiero desde pequeña, pero él nunca me consideró más que una amiga de su hermana pequeña. Cuando me fui a la universidad creía haberlo olvidado, pero al volver a casa me di cuenta de que estaba equivocada. Hace un mes entró en la tienda de mi padre y…

–¿Te pidió una cita?

–Ojalá. No, compró una lata de pintura.

Chloe tuvo que contener una carcajada.

–Ahora que lo sé, prometo decirle a Ramsey la verdad lo antes posible. Pero por ahora, quiero hacer que se sienta en deuda conmigo.

Lucia asintió.

–Sé cuánto significa para ti conseguir que aparezca en la portada de la revista.

–No te preocupes. Todo saldrá bien –dijo Chloe con una sonrisa tranquilizadora.

Ramsey levantó la vista de los papeles que estaba estudiando y pensó en comer los restos de la tarta de melocotón que habían quedado. Sólo pensarlo, se le hacía la boca agua. Igual que cuando pensaba en Chloe Burton. Dejó el bolígrafo en el escritorio y se reclinó sobre el respaldo del asiento mientras la imaginaba con sus ajustados vaqueros y la blusa que se ceñía a sus tentadores senos… Sólo imaginarla le hacía excitarse.

Fue a la cocina por una cerveza para calmar su ansiedad. Apoyándose en la encimera, bebió de la botella y miró a su alrededor. Extrañamente, encontraba la casa silenciosa y vacía. Contempló el suelo de cerámica y pensó en su bisabuelo, Raphael Westmoreland, el propietario de mil ochocientos acres a las afueras de Denver.

Cuando un Westmoreland cumplía veinticinco años, recibía cien acres de su propiedad, y por eso toda la familia vivía en la misma zona. Por ser el mayor, además de los cien acres Dillon había heredado la casa principal: Shady Tree. Un edificio de dos pisos asentado en trescientos acres en donde se celebraban las reuniones familiares más importantes. Desde que Dillon se había casado con Pamela, los Westmoreland encontraban frecuentes motivos de celebración. Todos adoraban a Pamela, al contrario de lo que había sucedido con la primera mujer de Dillon, y la habían acogido, junto con sus tres hermanas, con los brazos abiertos.

Ramsey se sobresaltó al oír que llamaban a la puerta. Miró el reloj. Eran las once, así que debía ser una de sus hermanas, que pensaban que podían pasar a verlo a cualquier hora del día o de la noche.

Sacudiendo la cabeza fue a la puerta, convencido de que se trataría de Megan, que trabajaba de anestesista en el hospital de la ciudad. Sin molestarse en preguntar quién era, abrió la puerta y le desconcertó encontrarse con Chloe Burton, sujetando una pequeña maleta. La sorpresa fue tal que se quedó mirándola sin decir palabra.

Por la manera en que se mordisqueaba el labio, dedujo que estaba nerviosa. Pero lo que lo había dejado mudo fue su indumentaria. Llevaba un corto vestido extremadamente sexy que había arruinado poniéndose mallas. Aun así, y aunque hubiera estado mucho mejor con las piernas desnudas, estaba preciosa. Lo bastante como para devorarla después de lamerle todo el cuerpo. Tragó saliva.

–Ya sé que he dicho que vendría mañana, pero no quería arriesgarme a llegar tarde.

Y allí estaba. Por más que Ramsey tratara de evitarlo, su mente estaba poblada de pensamientos ilícitos sobre las cosas que le gustaría hacerle.

Se quedaron mirando el uno al otro y Ramsey sintió su libido aumentar, al tiempo que tenía que admitir que había descartado la idea de llamar a la agencia de colocación porque, en el fondo, no quería que mandaran una sustituta.

–¿Vas a dejarme entrar o tengo que pasar la noche aquí fuera? –preguntó Chloe.

Ramsey no pudo evitar sonreír al pensar que era tan descarada como su hermana Bailey. Y cuando ella se humedeció los labios, sintió un golpe de calor en la ingle.

–Claro que puedes entrar. Pasa –Ramsey se agachó para tomar su maleta.

–Muchas gracias –dijo Chloe. Y entró.

Su perfume envolvió a Ramsey, alimentando sus sensuales pensamientos.

Chloe lo miró de soslayo.

–¿Cuál es mi habitación?

–En el segundo piso –dijo él, con una media sonrisa–. Sígueme.

Subieron la escalera y avanzaron por un corredor con dormitorios a ambos lados. Su hermana Gemma era la decoradora de la familia, y Ramsey le había dejado hacer a su antojo.

Al llegar a la habitación que iba a ser el dormitorio de Chloe, se echó a un lado para dejarle pasar. Por la expresión de su rostro, supo que había acertado con la elección. Que le gustara significaba que era una mujer de encajes y tonos suaves. Mientras ella miraba a su alrededor, él dejó la maleta sobre la cama. Iba a marcharse, pero la expresión absorta de Chloe le hizo detenerse. Era el efecto que el trabajo de Gemma tenía en la gente, y una vez más le sirvió para confirmar que el dinero que le había costado su educación había estado bien invertido.

–Quienquiera que haya decorado esta parte de la casa ha hecho un magnífico trabajo –dijo Chloe, mirándolo.

Al ver que él la miraba con la misma intensidad que aquella mañana, le faltó el aire. Por más que quisiera negarlo o pensar que no eran más que imaginaciones suyas, había algo entre ellos, y ese algo le hacía arder de deseo y endurecía sus pezones.

Deslizó la mirada hacia abajo y le alegró comprobar que ella no era la única alterada. Ramsey estaba excitado. Muy excitado. Y ni podía ni parecía querer disimularlo. Chloe volvió a mirarlo a los ojos y descubrió en ellos la promesa de noches ardientes, llenas de sensualidad y de besos que empezarían en su boca y acabarían entre sus muslos, con un estallido que sacudiría cada célula de su cuerpo. Chloe tomó aire con la seguridad de que había leído todo eso en los ojos de Ramsey, y de que no se trataba de ninguna invención.

Al instante vio algo más en esos mismos ojos: la advertencia de que si no podía aguantar el calor, no se acercara a la llama. Tomó aire. ¿Sería Ramsey Westmoreland el primer hombre al que no podría dominar?

–Te dejo para que puedas instalarte –dijo él finalmente, rompiendo la tensión sexual que se había creado. Chloe, que se había quedado sin habla, se limitó a asentir–. Buenas noches, Chloe.

Ella se quedó mirándolo mientras se iba.

La única solución posible era que se fuera de su casa, se decía Ramsey varias horas más tarde, recorriendo su dormitorio arriba y abajo.

Lo que había sucedido en el dormitorio de invitados no podía repetirse. Había estado a punto de cruzar la habitación y besar a Chloe hasta saciar el deseo que le provocaba y que seguía sintiendo en aquel instante. Imaginar sus lenguas entrelazadas mientras la estrechaba con fuerza contra su pecho lo excitó hasta un punto doloroso.

¿De dónde había brotado aquella pasión? Prácticamente lo había transformado en una marioneta sin capacidad de raciocinio y no comprendía cómo lo había conseguido. Lo cierto era que se había sentido atraído sexualmente por ella desde el momento en que la vio, que nada más posar sus ojos en ella la sangre se le había acelerado y una corriente lo había recorrido de abajo arriba con la fuerza de una erupción volcánica. Cada célula, cada hueso y cada músculo de su cuerpo se habían visto afectados.

Durante el almuerzo, esas sensaciones apenas habían remitido. Por eso Callum había notado que no dejaba de mirarla, y Ramsey empezaba a sospechar que Eric y Thel habían dejado de coquetear con ella porque habían notado su interés, y no porque se dieran por vencidos.

Se frotó la cara con un gruñido de frustración. Mientras ella debía estar durmiendo plácidamente, él estaba en vela, recorriendo la habitación como un tigre enjaulado y con una erección que le impedía dormir. Llegó a plantearse seriamente echarla aquella misma noche, y el solo hecho de que se le pasara esa idea por la cabeza le hizo darse cuenta de que estaba al borde del abismo.

De todos sus hermanos, era el que menos interés mostraba por las mujeres, y menos aún durante el último año, en el que se había dedicado en cuerpo y alma a su trabajo. Por otro lado, no tenía ningún interés en ganarse la reputación de conquistador que tenían algunos de ellos.

Al menos ya había logrado convencerlos de que su desinterés por las mujeres no tenía nada que ver con Danielle McKay, la mujer que lo había dejado en el altar, ante doscientos invitados, diez años atrás. Lo más triste era que su familia la tenía mucho cariño hasta que descubrieron por qué lo había dejado. Confesó haber tenido una aventura de la que se había quedado embarazada, y había sido lo bastante honesta como para decir la verdad en lugar de hacerle creer que era su hijo. Pero lo que nadie de su familia sabía era que si se había decidido a casarse con ella no era por amor, sino por sentido de la responsabilidad, así que la cancelación había sido más una bendición que un castigo.

Respiró profundamente. De lo que no cabía duda era de que Danielle jamás le había excitado como lo hacía Chloe.

Fue hacia la cama maldiciendo. Apenas le quedaba unas horas por delante antes de una dura jornada de trabajo. Los cotilleos viajaban a toda velocidad en Territorio Westmoreland y la noticia de lo guapa que era su nueva cocina ya se habría extendido. Probablemente se habían hecho apuestas sobre cuánto tardaría en echarla. Y ganaría quien hubiera apostado que sería pronto, porque no pensaba retrasar la llamada a la agencia ni un solo día más.

Capítulo Cuatro

Chloe decidió no girarse al oír un ruido. Aunque Ramsey fuera el único hombre que hubiera despertado un vivo interés en ella, no estaba dispuesta a dejar que la alterara. Ya lo había conseguido a lo largo de la noche, que había pasado en vela.

–Buenos días.

¿No podía hablar en un tono menos sensual? ¿Cómo era posible que dos palabras le hicieran estremecer? A su pesar, se volvió para saludarlo.

–Buenos...

Enmudeció. Ramsey Westmoreland estaba en mitad de la cocina, poniéndose una camisa, y aunque se la estaba abotonando, Chloe llegó a tiempo de ver sus musculosos abdominales y sus esculpidos brazos. Llevaba unos vaqueros que le colgaban de las caderas e iba descalzo, y aunque era evidente que se había dado una ducha, tenía el aspecto soñoliento de recién levantado. Chloe, sin poder apartar la mirada de él, se dijo que aquélla era la portada que quería para la revista

Él le sostuvo la mirada mientras se abrochaba el último botón.

–Me cuesta creer que te hayas levantado antes que yo –dijo, poniéndose un cinturón.

–No podía dormir –decidió mentir a medias–. Suele pasarme cuando duermo fuera de casa.

–Pero veo que has dormido bastante como para poder trabajar. Los hombres estarán hambrientos.

Chloe rió con sorna.

–Según Mamá Francine, siempre lo están.

–¿Quién es Mamá Francine? –preguntó él con curiosidad.

–La persona que me enseñó a cocinar –dijo Chloe, consciente de que había dicho ya demasiado.

Ramsey asintió y ella empezó a batir unos huevos en un cuenco.

Oyó que él se movía y sintió que se acercaba porque con cada paso, la temperatura de su cuerpo se elevaba un grado.

–Me dejas boquiabierto.

Chloe no pudo contener una sonrisa maliciosa y lo miró por encima del hombro.

–¿Otra vez?

–Sí. Has preparado salchichas y beicon.

–¿Te parece mal? –preguntó ella arqueando una ceja.

–No –Ramsey se encogió de hombros–. Sólo que Nellie suele hacer una cosa u otra.

–Pero yo no soy Nellie –dijo ella con descaro.

Ramsey la miró detenidamente antes de decir en tono insinuante.

–Eso es evidente.

41

Sin saber cómo reaccionar, Chloe dio media vuelta y dejó el cuenco al lado del fogón para acercarse a ver las galletas.

Notaba que Ramsey le estaba mirando las piernas y sintió el impulso de bajarse la falda a pesar de que le llegaba casi a la rodilla y de que se había puesto mallas. Si aquélla no le parecía apropiada, prefería no pensar qué opinaría de las que apenas le cubrían los muslos.

–¿Y además has hecho galletas?

Chloe abrió el horno con una sonrisa de oreja a oreja.

–¿Tampoco es habitual?

–La verdad es que no.

Chloe cerró la puerta del horno y lo miró, haciendo un esfuerzo para no fijarse en lo sexy que estaba.

–¿Por qué Nellie hace siempre los mismos menús? –preguntó.

Al cruzarse de brazos, llamó involuntariamente la atención de Ramsey sobre sus senos, que reaccionaron a su mirada al instante, con un cosquilleo y un endurecimiento de sus pezones.

Ramsey esbozó una sonrisa.

–Si conocieras a Nellie no harías esa pregunta.

–Por eso te lo pregunto a ti.

Ramsey ladeó la cabeza y la miró en silencio consiguiendo una vez más que su cuerpo reaccionara con una oleada de calor. Chloe no comprendía cómo era posible que le sucediera eso cuando Doren jamás había conseguido prender ni una llama en su interior. Quizá tampoco lo había intentado nunca, dado que su carrera política ocupaba un lugar prioritario en su vida. Le importaba más poder mostrarla en público como la hija del senador Burton, que dedicarle tiempo en privado, que ocupaba navegando en Internet. Daren sólo podía ser descrito como el antiromanticismo en persona. Pero la gota que colmó el vaso fue su sugerencia de que hicieran un trío, diciendo que ese tipo de juego sexual le resultaba extremadamente excitante. Sin pestañear, Chloe le había echado de su casa advirtiéndole que no quería volver a verlo.

Desde ese momento, había concentrado toda su energía, incluida la sexual, en encumbrar su revista al éxito, y no se le había pasado por la mente entablar una relación con un hombre. Hasta aquel instante, en que se sentía como una devoradora de hombres a punto de bajarle la bragueta a Ramsey y asaltarlo.

—Nellie prefiere que lleguen a la hora del almuerzo con hambre —comentó Ramsey, interrumpiendo sus pensamientos.

—¿No tendrán hambre igualmente? —preguntó ella, desconcertada.

—Sí.

Chloe decidió no preguntar más y aceptar que Nellie y ella eran muy distintas, y que su objetivo era conseguir que Ramsey se sintiera en deuda con ella por lo bien que había alimentado a sus hombres.

Además, volver a pasar tiempo en la cocina le había hecho recordar cuánto disfrutaba cocinando. Oyó el ruido de un motor.

–Parece que ya llegan.

Ramsey sacudió la cabeza.

–No, es Callum. Siempre llega el primero para reunirse conmigo.

Chloe asintió. El día anterior había notado que Callum y Ramsey mantenían una relación especial, más de amigos que de jefe y empleado.

–Es australiano, ¿verdad?

Ramsey se sirvió una taza de café y lo probó. Hasta el café le sabía mejor hecho por Chloe.

–Sí –contestó tras beber.

Sólo un grupo reducido de gente dentro de la familia sabía que Callum era millonario y que poseía una gran extensión de tierra en Australia, donde tenía varios ranchos en los que criaba ovejas. Con treinta y cuatro años, era el hijo de un rico australiano y de una afroamericana. Chloe no necesitaba saber que donaba a la beneficencia el salario que ganaba en el rancho ni que la única razón de que no hubiera vuelto a su país era que confiaba en conquistar a Gemma.

Callum lo conocía lo bastante bien como para saber que mantenía una actitud extremadamente protectora hacia sus hermanas, y había tardado todo un año en convencerle de que sus intenciones eran honorables y de que quería casarse con Gemma. Tanto Ramsey como Dillon le habían dado su ben-

44

dición, pero la última palabra la tenía Gemma, quien no había dado la menor señal de estar interesada o de ser consciente de los esfuerzos de aproximación de Callum. En opinión de Ramsey, eso era una buena señal, dado que Gemma era de sus tres hermanas la que poseía una personalidad más fuerte, y la que siempre decía que jamás entregaría su corazón a un hombre.

–Parece que lo tienes todo bajo control –dijo a Chloe, lanzando una última mirada a su alrededor.

–Siento que dudaras que fuera capaz de conseguirlo.

Chloe era aún más descarada que sus hermanas.

–No es eso, Chloe. Ayer demostraste tus habilidades con creces.

Ella alzó la barbilla.

–Entonces, ¿qué te pasa?

Ramsey estuvo tentado de decirle que no sabía a qué se refería, pero cambió de idea. Si era honesto, desde que la había visto le había causado problemas y era él quien no sabía cómo comportarse ante una mujer de una sensualidad tan exuberante que le aceleraba la sangre en las venas.

En ese mismo momento habría podido cruzar la habitación y besarla. Y supo que si pasaba una noche más bajo su techo, no podría reprimirse. Así que lo justo sería advertirla.

–¿Cuántos años tienes, Chloe?

–Veintiocho –dijo ella, sorprendida por la pregunta.

Ramsey asintió lentamente, sin apartar la mirada de ella.

–Entonces eres lo bastante mayor como para saber qué me pasa. Pero por si no lo sabes, te lo demostraré luego.

Chloe sintió un intenso calor en el vientre al tiempo que se le aceleraba el corazón. Las palabras de Ramsey no dejaban lugar a dudas, y las confirmaban sus ojos, en los que se veían promesas que no intentaba ocultar y que estaba decidido a cumplir.

Antes de que pudiera responder, llamaron a la puerta y entró Callum Austell. Los miró alternativamente y sonrió con complicidad.

–Ram, Chloe, ¿he venido en mal momento?

Chloe vio que Ramsey fruncía el ceño. Lucia le había hablado de que le gustaba preservar su intimidad, así que era lógico que no le gustara que su amigo fuera testigo de la tensión sexual que había entre ellos.

–En absoluto –dijo Ramsey–. Pasa, Cal. Vayamos al despacho.

Dejó la taza sobre la mesa y fue hacia la puerta, pero se detuvo al ver que Callum se había parado al llegar a la altura de Chloe.

–Estás preciosa, Chloe –dijo con una encantadora sonrisa.

Chloe lo miró y se preguntó si se trataba de un comentario amable o de un descarado coqueteo.

–Estamos perdiendo el tiempo, Cal. ¿Nos reunimos o qué? –dijo Ramsey, malhumorado.

Callum miró a Ramsey sonriente.

–Ya voy, ya voy –dijo. Y lo siguió fuera de la cocina.

Ramsey dio un portazo antes de volverse hacia Callum.

–¿Qué demonios ha sido eso? –preguntó entre dientes.

Callum lo miró con una inocencia que no engañó a su amigo.

–No sé de qué me estás hablando.

–Estabas coqueteando con ella.

Callum se encogió de hombros.

–Si fuera así, ¿qué tendría de malo?

–Si lo has hecho para provocarme…

–Lo he conseguido –dijo Callum, sentándose al otro lado del escritorio–. Vamos, Ram, admite que te gusta y que por eso estás pensando en despedirla a pesar de que cocina mejor que Nellie y de que tiene mucho mejor carácter. Siento decirlo, pero Nellie ha estado insoportable.

Ramsey suspiró profundamente. Era verdad que Nellie había cambiado desde que había descubierto, unos mese atrás, que su marido la engañaba. Como consecuencia, parecía querer vengarse del género masculino en conjunto. Inicialmente sus hombres se habían mostrado comprensivos, pero con el paso de los días, había acabado irritándolos. Eso no significaba que pensara dejarla sin trabajo, pero cuando volviera, tendrían que mantener una larga charla.

–Aunque haya pasado por una crisis, no pienso echarla –dijo.

–Claro que no. Pero entretanto, no hay nada malo en que tus hombres coman bien y reciban un buen trato –al no obtener respuesta de Ramsey, Callum continuó–: Entiendo lo que te pasa. Sé lo que se sufre cuando se desea tanto a una mujer.

Ramsey frunció el ceño.

–Ten cuidado con lo que dices; estás hablando de mi hermana.

–Estoy hablando de la mujer a la que amo, y que no manifiesta por mí el más mínimo interés –dijo Callum, enfurruñado–. Cualquier día vas a descubrir que hemos desaparecido los dos –sonrió–. Estoy pensando en secuestrarla.

Ramsey rió.

–Atrévete. La devolverías en menos de una semana. Gemma haría de tu vida un infierno, y si yo fuera tú, no cerraría los ojos ni de noche. Es vengativa.

Ramsey no descubría nada nuevo a su amigo. De sus tres hermanas, Gemma era la más fuerte. Callum lo sabía y por eso mismo la amaba.

–¿Estás pensando de verdad en echar a Chloe? –preguntó. Y Ramsey supuso que prefería dejar el tema de su hermana–. Creo que sería un gran error que tus trabajadores tengan que sufrir las consecuencias de que no seas capaz de dominar tus instintos.

Ramsey pensó que no tenía sentido negar la verdad. Era la primera vez en su vida que se sentía incapaz de dominarse.

–Los hombres han hecho apuestas sobre cuánto tiempo durará –continuó Callum, sonriendo–. A algunos les va a sorprender encontrarla todavía aquí.

A Ramsey no le hizo ninguna gracia que sus hombres hubieran percibido el interés que sentía por Chloe.

–No es la única cocinera del mundo.

–Seguro que no, pero no sé cuántas estarían dispuestas a vivir en un rancho. De hecho –Callum se rascó la barbilla–, no entiendo cómo una mujer como ella puede pasar dos semanas en medio de la nada. ¿No tiene familia?

Ramsey reflexionó. La verdad era que ni siquiera se lo había planteado.

–¿Y si está huyendo y está aquí para esconderse? –preguntó Callum.

–¿Huyendo de qué?

–De un marido violento, de un prometido psicótico o celoso. ¡Yo qué sé! Si fuera tú, Ram, lo averiguaría.

Ramsey frunció el ceño ante esa posibilidad. Sólo sabía que a Chloe le había sorprendido que el puesto fuera como interna, y que había atribuido su vuelta por la noche al temor a retrasarse por la mañana. Pero, ¿y si Callum tenía razón?

–No creo que esté ni prometida ni casada, porque no lleva anillo ni marca de que lo haya llevado en el pasado.

Callum rió por lo bajo.

–Si eres capaz de fijarte en todos esos detalles sobre el dedo de una mujer, eres peor que Eric o Thel.

Ramsey no se dejó provocar.

–Como quieras –dijo, encogiéndose de hombros.

–Como quieras tú, pero ten en cuenta que si la despides, puedes estar enviándola a su muerte

–¡No seas tan dramático! –protestó Ramsey.

–No digas que no te he advertido –Callum se puso en pie y fue hacia la puerta.

–Espera, todavía no hemos tenido la reunión –dijo Ramsey, sorprendido.

–Ni vamos a tenerla. Huele demasiado bien. Y si piensas echarla, antes quiero disfrutar de un buen desayuno.

Ramsey siempre se había enorgullecido de poseer fuerza mental y autocontrol, pero creyó perder ambos cuando, una hora más tarde, entró en el comedor. Los hombres se habían ido y sólo quedaba Chloe, recogiendo. En cuanto la vio, quiso cruzar la habitación y besarla hasta que dejarla sin aliento.

–Te has perdido el desayuno, pero te he guardado algo en el horno, y puedo hacer los huevos como quieras.

Ramsey, sorprendido de que hubiera pensado en él, asintió.

–Gracias –se había quedado en el despacho para concluir los informes que no había podido acabar la noche anterior. Por las voces que le llegaban desde el comedor, había deducido que sus trabajadores disfrutaban el desayuno y estaban ansiosos porque llegara la hora de almuerzo.

Se sentó a la mesa y observó a Chloe, preguntándose si habría alguna verdad en las especulaciones de Callum. ¿Podía ser verdad que huyera de un hombre?

—¿Cómo quieres los huevos, Ramsey?

Ramsey parpadeó.

—Perdona, ¿has preguntado algo?

—Si quieres los huevos revueltos o fritos.

Ramsey tuvo que morderse la lengua para no decir que los quería sobre ella. Chloe llevaba una falda corta, pero otra vez se había puesto mallas. ¿Qué les pasaba a las mujeres para empeñarse en estropear sus piernas con esa prenda en lugar de dejar ver un poco de piel desnuda? Y aunque no había visto las de Chloe, estaba seguro de que lo excitarían en la misma medida que lo hacía el resto de su cuerpo, como lo hacía en aquel mismo momento ver cómo se ajustaba su falda a su trasero; un trasero que no le costaba imaginar contra su pelvis, en la cama, mientras le mordisqueaba el cuello...

—¿Ramsey?

—¿Qué? —preguntó él, parpadeando de Nuevo.

—Que cómo quieres los huevos.

—Fritos, por favor.

La observó mientras trabajaba. Era evidente que sabía manejar la sartén y que rompía los huevos como una profesional. Debía haber aprendido sus habilidades en una escuela de cocina y, de ser así, Ramsey no entendía por qué no estaba trabajando en un restaurante de primera en lugar de en un rancho a las afueras de Denver. Sólo había una manera de averiguarlo. En su experiencia con las mujeres, si se charlaba con ellas, acababan contando sus más íntimos secretos. Excepto sus hermanas Megan y Gemma.

La estudió mientras preparaba los huevos y concluyó que no tenía el aspecto de una mujer sometida a ninguna tensión, sino que estaba tranquila y parecía disfrutar de lo que hacía. Era una mujer extremadamente hermosa, de piel tostada, con unos ojos preciosos, una nariz encantadora y unos labios que estaba ansioso por probar. El cabello, marrón oscuro, le caía en delicados tirabuzones hasta los hombros. No le costaba imaginar aquel cabello extendido sobre su almohada y aquellos ojos mirándolo con el brillo de la excitación cuando le abriera los muslos para oler su perfume de mujer y contemplarla mientras lo esperaba ansiosa, húmeda y caliente.

La oleada de deseo que lo invadió fue tan violenta que casi se quedó sin respiración. Miró por la ventana ordenándose pensar en otra cosa. La letra del tractor que aún quedaba pendiente de pago, el empeño de Gemma de decorar el resto de la casa… cualquier cosa menos en hacer el amor con Chloe.

Considerando que había recuperado cierto grado de control sobre su libido, volvió a mirarla. Aunque supiera manejar los utensilios de cocina, tenía un aire refinado que hacía pensar en que le correspondía más ser servida que servir.

—¿Estás casada?

Chloe le lanzó una rápida mirada antes de volver su atención a los huevos.

—No.

—¿Seguro?

Chloe lo miró como si se hubiera vuelto loco.

—Pues claro que estoy segura —alzó la mano—. ¿Ves? No llevo anillo.

Ramsey se encogió de hombros.

—En estos tiempos eso no significa nada.

Frunciendo el ceño, Chloe pasó los huevos a un plato

—Para mí sí.

—De acuerdo, así que no estás casada. ¿Tienes una relación seria?

Chloe dejó el plato delante de él.

—¿Hay algún motivo para que me hagas estas preguntas?

Ramsey sonrió. Chloe era lo bastante mayor como para no andarse con rodeos.

—Desde luego que sí: porque cuando por fin te bese, no quiero estar pensando que tu boca le pertenece a otro.

Chloe se quedó muda. Luego abrió la boca, pero acabó por apretar los labios.

Ramsey rió.

—Apretar los labios no te va salvar de que te obligue a abrirlos para besarte si eso es lo que quiero, Chloe.

Chloe se cruzó de brazos.

—¿Ha pasado algo que justifique esta locura?

—¿Así es como lo llamas, locura? —preguntó él, empezando a comer.

Chloe alzó la barbilla y lo miró con indignación.

—¿Se te ocurre otra manera de llamarlo?

—¿Hambre?

Chloe frunció el ceño.

—¿Hambre?

—Sí, hambre sexual. Necesito que dejes de obsesionarme y creo que lo conseguiré si te beso.

Chloe dejó caer los brazos. Le costaba creer que Ramsey hubiera dicho aquello. Y que su corazón latiera desbocadamente como si ansiara que cumpliera con su amenaza.

—No tienes nada que ver con Daren.

Ramsey enarcó una ceja.

—¿Quién es Daren?

—El último hombre con el que he salido.

Ramsey ignoró la punzada de celos que sintió.

—¿No ser como él es bueno o malo?

Chloe se encogió de hombros.

—No lo sé. Supongo que me habría gustado que sintiera una fracción de esa hambre que tú sientes por mí.

Ramsey entendió al instante lo que insinuaba.

—No puedo imaginar que hayas tenido un hombre cerca que no quisiera devorarte. Debía ser un idiota.

Chloe reprimió una sonrisa y evitó decir que opinaba lo mismo.

–Tenía sus propias ideas sobre el sexo. Me sugirió que hiciéramos un trío.

Ramsey frunció el ceño. Podía aceptar que su novio no tuviera una gota de pasión en el cuerpo, pero la idea de que quisiera compartirla con alguien le pareció una demencia. Ningún hombre en su sano juicio querría algo así.

–Entonces no era sólo un idiota –dijo en voz alta–, sino que debía de estar loco. Si un hombre te quiere compartir es porque ha perdido el juicio. A mí jamás se me ocurriría algo así. Yo te querría en exclusiva para mí –deslizó la mirada por ella–. Sólo yo dejaría en tus labios una sonrisa de satisfacción, Chloe.

Chloe sintió un nudo en el estómago al notar su mirada recorrerla de arriba abajo, ralentizándose en ciertas partes de su anatomía que inmediatamente subían de temperatura al recibir su caricia, a la vez que su voz aterciopelada despertaba todo tipo de sensaciones en ella.

–¿Cuánto tiempo estuviste con ese tipo?

–Un año.

–¿Y hace cuánto lo dejasteis?

Chloe no sabía cómo habían llegado a aquel punto de la conversación, pero contestó:

–Hace dos años. Ahora, si no te importa, voy a seguir recogiendo.

Ramsey la siguió con la mirada hasta el fregadero. Luego se puso a desayunar. Como el día anterior, la comida estaba deliciosa. Tanto como la cocinera.

Chloe se prohibió mirarlo y se esforzó por mantenerse ocupada al tiempo que intentaba ignorar su presencia.

Para cuando Ramsey terminó, ella había acabado de poner todos los cacharros en el friegaplatos y limpiado las superficies. Ramsey se levantó y dejó la taza y el plato en el fregadero. Cuando se volvió, ella se apartó rápidamente para quitarse de en medio, pero no lo bastante deprisa como para impedir que Ramsey le tomara la mano.

Chloe sintió al instante un escalofrío. Ladeó la cabeza y lo miró a los ojos. Ramsey mantenía la mirada fija en sus labios. Luego, lentamente, la subió hacia sus ojos antes de volver a bajarla.

En ese momento Chloe tuvo la seguridad de que iba a cumplir su amenaza y una llamarada prendió entre sus muslos a la vez que sentía en su interior un vacío que no recordaba haber sabido que existía. Ramsey dio un paso adelante y su aroma la envolvió, atrayéndola como un imán a las profundidades de su masculinidad, embriagándola, ahogándola en su sensual hechizo.

Lo miró fijamente y se quedó hipnotizada por sus rasgos. Era un hombre extraordinariamente guapo. Tanto, que le nublaba el pensamiento y le impedía decirle que la soltara. Por el contrario, dio un paso hacia él al tiempo que Ramsey lo daba hacia ella.

Chloe se encontró atrapada entre la encimera y

el cuerpo de Ramsey, sintió la fuerza de su erección entre sus muslos como si aquél fuera el lugar al que pertenecía. Por primera vez en toda su vida, Chloe se sintió en total sincronía con un hombre, plenamente consciente de quién era y de lo que podía hacer. Y pensar en lo que Ramsey podía hacer y en lo que haría, le hizo estremecer. La ansiedad que sentía era tal que podía sentir los nervios a flor de piel. Tragó saliva, pero cuando no le sirvió para calmarse, sacó la lengua para humedecerse los labios.

Fue un error.

Vio reflejado en el rostro de Ramsey el efecto que su movimiento tuvo en él. No pretendía animarlo, pero al ver el fuego que iluminó sus ojos, supo que se había apoderado de él algo esencialmente masculino que ella no tenía intención de frenar.

Ramsey se inclinó hacia adelante y antes de que Chloe pudiera respirar, selló sus labios con un beso.

Capítulo Cinco

Ramsey no supo cómo explicar la corriente que le recorrió la espalda en cuanto sus labios tocaron los de Chloe. El dulce sabor de su boca le empujó a explorarla vorazmente con su lengua. Cuando le soltó la mano para ponerla en la parte baja de su espalda, cambio de posición para ajustarse a ella y el incendio se propagó por todo su cuerpo.

Una pulsante energía lo recorrió de arriba abajo, provocándole una intensa erección. Se dijo que lo que estaba sucediendo era producto de su imaginación, pero sabía que se trataba de un magnetismo sexual tan devastador que no podría hacer otra cosa que satisfacerlo. Quería que Chloe sintiera lo mismo, y al sentir que su lengua buscaba la de él, supo que lo había conseguido.

Con sus manos le masajeó la espalda posesivamente antes de bajarlas a sus nalgas. Chloe gimió y se aproximó a él. Sus torsos, sus caderas, sus bocas parecían selladas. Sus lenguas se movían frenéticamente. Ramsey había dicho que estaba sexualmente hambriento y estaba demostrando hasta qué punto decía la verdad.

Chloe lo volvía loco. Con sus manos recorrió su

cuerpo para familiarizarse con sus curvas, haciéndole sentir al mismo tiempo su sexo en erección entre los muslos como si buscara cobijo en ella.

Oyó los gemidos que escapaban de la garganta de Chloe y profundizó su beso. Tuvo la tentación de echarla sobre la mesa de la cocina y poseerla allí mismo hasta quedar extenuados.

—Podemos volver en otro momento.

La frase hizo que se separaran de un salto, como dos niños pillados con las manos en la caja de galletas. Actuando movido por una mezcla de enfado y de sentimiento protector, Ramsey se puso delante de Chloe para ocultarla, mientras lanzaba una mirada incendiaria a sus hermanos, Zane y Derringer, y a su primo Jason.

—¿Qué demonios estáis haciendo aquí?

—Tenemos una reunión contigo a las siete —dijo Derringer, sonriente—. ¿Lo has olvidado?

—Lo comprendemos perfectamente —dijo Zane. Era dos años más joven que Ramsey y tenía fama de lengua afilada.

—No pasa nada, Ramsey —añadió Jason—. Pero estaría bien que nos presentaras.

—Es verdad —dijo Zane sonriendo—. ¿Por qué la escondes?

Dejando escapar una maldición entre dientes, Ramsey se dio cuenta de que tenían razón. Dio un paso lateral y vio la reacción que causaba en los tres hombres ver a Chloe. Aunque los adoraba, en aquel momento hubiera querido estrangularlos.

–Chloe, éstos son mis hermanos, Zane y Derringer, y mi primo Jason –dijo–. Chicos, os presento a Chloe Burton, mi cocinera.

Chloe no se había sentido tan avergonzada en toda su vida, pero consiguió articular un saludo.

–Encantada –dijo. Y estrechó la mano de los tres al tiempo que observaba el parecido entre todos ellos. Rasgos marcados, mandíbula firme, ojos marrones, hoyuelos al sonreír… Eran todos guapísimos, pero Chloe dedicó especial atención al hombre que había robado el corazón a su mejor amiga.

–Bien, se acabaron las presentaciones –dijo Ramsey con firmeza–. Vayamos al despacho.

–Podéis reuniros vosotros –dijo Zane, que no había llegado a soltar la mano de Chloe–. Yo me quedo con Chloe. Me han dicho que haces unos huevos revueltos espectaculares.

Ramsey echó la cabeza hacia atrás y suspiró antes de mirar a su hermano con severidad.

–No te sobrepases, Zane.

Zane dedicó una sonrisa maliciosa a Chloe.

–¿Qué te parece si vengo a desayunar mañana?

Chloe se limitó a asentir y siguió con la mirada a los tres hombres mientras salían.

–Y eso es todo –dijo Jason–. Ayer hablé con Durango y con McKinnon y los dos están entusiasmados con la idea de expandirse hacia Colorado.

Ramsey asintió. Durango Westmoreland y McKinnon Quinn eran sus primos. Los dos vivían en Montana y eran dueños de M&D, una empresa de cría y doma de caballos muy próspera. Acababan de ofrecer a Zane, Derringer y Jason que se unieran a ellos. Los tres habían acudido a Bozeman para pasar tres semanas con sus primos y sus familias, aprendiendo el oficio y decidiendo si les interesaba formar parte del proyecto. Los tres eran grandes jinetes y Ramsey había asumido que aceptarían la propuesta.

–Así que estáis decididos –comentó mientras echaba una ojeada a un informe sobre la situación de la compañía.

–Sí. Y hemos pensado que como nuestras propiedades son contiguas podemos unirlas para compartir pastos. Lo único que nos preocupa es quitarte terreno para tus ovejas.

Ramsey asintió con la cabeza agradeciéndoles su consideración. Las ovejas requerían mucho pasto y sus hermanos y primos siempre le habían cedido terreno generosamente para que su ganado pudiera pastar. Por el momento, no tenía intención de aumentar el número de rebaños que poseía.

–Con lo que poseemos Dillon y yo tendremos de sobra –dijo para tranquilizarlos–. Además, antes de marcharse, Bane me dio permiso para usar sus tierras, así que, en caso de necesidad, puedo llevar las ovejas a Diamond Ridge.

Ramsey volvió a leer el informe.

–Aunque por el momento estoy muy ocupado, me gustaría asociarme con vosotros en M&D Colorado una vez lo pongáis en marcha. Es hora de que diversifique mi negocio. No está bien guardar todos los huevos en una sola cesta.

—Eso es verdad —dijo Zane, sonriendo a su hermano—. Nos encantaría que te unieras a nosotros. Y hablando de huevos, me ha parecido que te sentaba mal que me invitara a desayunar.

Ramsey se apoyó en el respaldo y lo miró fijamente.

—¿A qué jugáis Callum y tú? Chloe no está disponible.

Derringer preguntó en tono retador.

—¿Quién lo dice?

Ramsey frunció el ceño. A su hermano le gustaba discutir.

—Lo digo yo, Derringer.

—¿Eso quiere decir que Chloe es algo más que tu cocinera? —preguntó Jason.

Ramsey suspiró. Conociendo a su familia, sería mejor que dijera algo o empezarían a correr todo tipo de rumores.

—Chloe sólo es mi cocinera.

Zane rió con sorna.

—No recuerdo haberte visto besar a Nellie.

Ramsey puso los ojos en blanco.

—Nellie está casada.

Derringer se irguió con expresión de sorpresa.

—¿Quieres decir que la besarías si estuviera soltera?

Antes de que Ramsey respondiera, Zane soltó una carcajada y se golpeó el muslo.

–¡Vaya, Ramsey, qué sorpresa! ¡Y pensar que durante todo este tiempo creíamos que llevabas una aburrida vida sexual!

Ramsey respiró profundamente para hacer acopio de paciencia. Sus hermanos intentaban provocarlo y no estaba dispuesto a caer en la trampa. Dejó el informe sobre el escritorio.

–Permitidme que os aclare algo. El beso que habéis presenciado ha sido algo que ha sucedido, pero que no se volverá a repetir. Chloe es mi cocinera y nada más. Se marchará en cuanto Nelly vuelva.

A continuación se inclinó sobre el escritorio para asegurarse de que captaba la atención de los tres.

–Sin embargo, y puesto que sé cómo actuáis al menos dos de vosotros, quiero que quede claro que no se trata de un juego abierto a la participación. Sois bienvenidos a mi mesa, como siempre, pero a nada más.

–Yo diría que eso suena bastante posesivo, Ram –dijo Zane.

Ramsey se encogió de hombros.

–Me da lo mismo lo que pienses con tal de que hagas caso a lo que digo.

Al anochecer, Chloe fue al salón de Ramsey y se sentó en el sofá con una copa de vino. Resultaba agradable relajarse tras una jornada agotadora.

Aunque disfrutaba cocinando, no había planeado pasar sus vacaciones dando de comer a un grupo de hombres, pero tenía que admitir que ver sus rostros de satisfacción tras el desayuno y el almuerzo habían compensado el tiempo que había pasado ante el fogón.

Había llamado a su oficina en Florida para hablar con su editor ejecutivo, quien le había asegurado que todo iba bien. Contaba con un equipo eficaz que podía funcionar perfectamente en su ausencia. Su padre siempre le había dicho que para tener una empresa de éxito, debía contratar siempre a los mejores. Chloe había creado una revista que se había convertido en un éxito editorial y el siguiente paso era la expansión a distintos mercados.

Sus pensamientos vagaron de la revista a Ramsey y al beso que se habían dado. Lo habían presenciado tres miembros de su familia y Chloe suponía que ésa era una de las razones por las que Ramsey la había evitado el resto del día. Se preguntó si el beso habría tenido el efecto que buscaba y le había hecho perder interés en ella. En su caso, había surtido el efecto contrario. Jamás había recibido un beso como aquél, ni ningún hombre había explorado su boca como lo había hecho Ramsey. La había dejado jadeante durante varias horas y todavía sentía un cosquilleo en los labios.

Tenía que admitir que las cosas no estaban saliendo de acuerdo a sus planes. Se había sentido atraída hacia él desde el principio, así que eso no la había sorprendido, pero sí el grado de tensión que se creaba cada vez que estaban en la misma habitación. O el hecho de que tuviera pensamientos libidinosos cada vez que lo veía. En su trabajo conocía a menudo a hombres atractivos, pero ninguno había despertado en ella ese tipo de interés.

¿Cómo iba a poder vivir bajo su techo si la asaltaban constantemente imágenes sexuales? Y lo peor era que el beso la había convertido en una adicta al sabor de Ramsey y a su masculina fragancia.

Recordó lo que él había dicho sobre no compartirla con ninguna otra persona y suspiró profundamente. Ramsey estaba permeando sus emociones de una manera inesperada. Era un hombre capaz de cuidar de sí mismo y de los demás, tal y como había demostrado con sus hermanos. Podía ser brusco, pero era evidente que no tenía un ápice de egoísmo.

Saberlo, la conmovía, y ése era un sentimiento que la aterrorizaba. Ramsey compartía muchas características con su padre, especialmente las relacionadas con el sentido del deber y la honradez. Lo había visto en la forma en que trataba a sus hombres y a sus hermanos.

Dio otro sorbo al vino. Tenía que llamar a Lucia para contarle que había conocido a Derringer y que era un encanto. Todos los Westmoreland eran especiales, pero Ramsey era el único que le aceleraba el corazón. Quizá lo mejor sería desistir de que fuera la portada de la revista. Aquella misma noche le diría la verdad y se marcharía. Claro que, si lo hacía, lo dejaría en un atolladero, pues sus hombres se quedarían sin desayuno y sin almuerzo. Además, ella no se daba por vencida tan fácilmente, así que, por más difíciles que se pusieran las cosas, no arrojaría la toalla.

Dejó la copa sobre la mesa de café al oír que sonaba su móvil. Lo sacó y sonrió al reconocer el número.

—Papá, ¿cómo estás?

—Perfectamente. ¿Se pude saber dónde estás, Chloe Lynn?

Chloe rió quedamente. Su padre era la única persona que la llamaba por sus dos nombres. Sólo al llegar a la universidad se había dado cuenta de que era un hombre excepcional. Había entrado en la política cuando ella terminó la secundaria, y ya había cumplidos tres mandatos como senador. Juraba que aquél sería el último, pero Chloe lo conocía demasiado bien como para creerlo.

Siempre la había animado a hacer en la vida aquello que la apasionara. Lo único que le había exigido era que trabajara los veranos para los más desfavorecidos. Y ella siempre se lo había agradecido.

—Por el momento estoy en Denver.

—¿Y cuándo vuelves a casa?

Chloe arqueó una ceja. Para ella, aunque su padre vivía en Washington como senador, la única «casa» era Tampa.

—No estoy segura. ¿Por qué?

Tras una pausa, su padre explicó:

—Voy a pedirle a Stephanie esta noche que se case conmigo, y si me acepta, quería celebrarlo contigo.

Chloe sonrió de oreja a oreja. Su padre salía desde hacía años con la juez Stephanie Wilcox, una divorciada de cincuenta y un años con una hija y un hijo en la veintena, y Chloe llevaba tiempo esperando a que su padre diera el paso.

–¡Es maravilloso, papá! Enhorabuena. Siento no estar con vosotros, pero dile a Stephanie que estoy encantada.

Diez minutos más tarde metía el teléfono en el bolsillo sin dejar de sonreír. Por fin su padre se comprometía con alguien y no sólo con la política. Durante años se había preguntado por qué no había vuelto a casarse, pero por lo que contaban sus abuelos, había estado muy enamorado de su madre, y ninguna otra mujer le había robado el corazón. Stephanie había conseguido lo imposible.

–¿Después de tanto trabajar todavía sonríes?

Sobresaltándose, Chloe miró hacia la puerta y vio a Ramsey en el umbral. Para disimular su nerviosismo, tomó la copa de vino y bebió mientras pensaba cómo contestar. Debía tener cuidado de no nombrar a su padre. Cualquier dato bastaría para que Ramsey averiguara su identidad en Internet.

–La sonrisa es por un amigo que está a punto de pedirle a su novia que se case con él.

Ramsey cruzó la habitación y se sentó frente a ella. A Chloe le sorprendió que quisiera dedicarle tiempo cuando, desde el beso, había evitado coincidir con ella.

–Supongo que el matrimonio hace feliz a algunas personas.

Chloe dio otro sorbo sin dejar de mirar a Ramsey, aunque intentando no notar lo atractivo que estaba, relajado, con las piernas estiradas delante de sí, con vaqueros y botas gastadas. Y se preguntó si sabría que todavía llevaba el sombrero puesto.

—Asumo que tú no entras en esa categoría —comentó.

—No. Pienso permanecer soltero el resto de mi vida.

—Así que eres de ésos que piensa que el matrimonio es absurdo.

—¿Y tú de las que piensas que no lo es?

—Yo he preguntado primero.

Ramsey habría querido ignorar la pregunta, entre otras cosas porque ni siquiera sabía qué estaba haciendo cuando llevaba todo el día haciendo lo posible para que sus caminos no se cruzaran. No le había gustado la actitud de sus hermanos y de su primo, y confiaba en haberles convencido de que no había nada entre Chloe y él.

—Tómate tu tiempo si necesitas pensar —dijo ella.

Ramsey la miró con expresión seria. Estaba tratando un tema que se tomaba muy en serio. No se trataba de que tuviera un problema con el matrimonio en sí mismo, ni que tras el fiasco de su boda hubiera jurado no volver a dejar que una mujer lo arrastrara al altar. La cuestión era que disfrutaba de su soltería, y podía imaginar que, tras tipos como Daren, a ella le pasaría algo similar.

Siguió mirándola y, pensando en el sarcasmo soterrado de sus últimas palabras, se dijo que se llevaría bien con sus hermanas, con las que compartía tener una lengua afilada.

Ese pensamiento le hizo fijarse en sus labios y, tal y como le había pasado a lo largo del día, se arrepintió de haberla besado y de haber descubierto su delicioso sabor. También recordó la manera en que ella se había entregado, y la inoportunidad de la visita de sus hermanos.

–No necesito pensar –dijo finalmente, antes de caer en la tentación de besarla una vez más–. Raphael Westmoreland se casó suficientes veces por varios de nosotros.

Chloe arqueó las cejas.

–¿Raphael Westmoreland?

–Mi bisabuelo. Hace poco descubrimos que tuvo unas cuantas esposas. También averiguamos que tenía un hermano gemelo.

Aquella información despertó el interés inmediato de Chloe, que bajó las piernas del sofá y se inclinó hacia adelante. La camisa se le abrió, dejando a la vista su escote y el arranque de la tela rosa del sujetador. Ramsey no pudo evitar deslizar la mirada hasta ese lugar y fijarse en su aterciopelada piel dorada. Se vio quitándole el sujetador, besándole los senos, recorriendo con su lengua…

–¿Sí?

Ramsey parpadeó y alzó la vista a su rostro. Los ojos de Chloe brillaban de curiosidad. Como a su familia, a ella también le gustaban las historias de familiares remotos. Una vez había conocido a los Westmoreland de Atlanta, descendientes del tío gemelo Reginald, Dillon había hecho lo posible por descubrir toda la historia y sus pesquisas le habían conducido a Pamela. Así que el viaje no había sido en balde.

–¿Qué? –preguntó para irritarla. Le encantaba la manera en que curvaba los labios y fruncía el ceño cuando se ofendía, así como la actitud expectante que mantenía en aquel momento. Lo único que no le gustaba era que llevara mallas.

Por la forma en que lo miró, supo que había logrado su objetivo.

–Háblame del gemelo de tu bisabuelo –dijo, resoplando de impaciencia.

Ramsey pensó que le contaría lo que fuera necesario para conseguir su interés al tiempo que podía observarla a placer.

–Hace algo más de un año descubrimos que nuestro bisabuelo Raphael tenía un hermano gemelo llamado Reginald.

–¿No lo sabía ninguno de vosotros?

–No. El bisabuelo Raphael siempre nos hizo creer que era hijo único. Una de las búsquedas en la genealogía de los Westmoreland de Atlanta confirmó que Raphael y Reginald eran gemelos, y que Raphael se había convertido en la oveja negra de la familia al huir con una mujer casada. Finalmente, cinco esposas más tarde, se estableció en Denver.

Ramsey hizo una pausa cuando sintió acelerársele la sangre al deslizar la mirada hacia los pies desnudos de Chloe y descubrir que tenía las uñas pintadas de rosa. No comprendía qué le pasaba. Era la primera vez que unas uñas le resultaban eróticas. Aunque quizá se debía a que, en el recorrido, había vuelto a pasar por su pecho. Cuando, tras recorrer el camino inverso, la miró a la cara, vio que lo observaba con los ojos entornados.

—Estoy segura de que es una historia apasionante —dijo.

Ramsey asintió.

—Desde luego, y puede que algún día te la cuente.

Ramsey se irritó consigo mismo. Aunque había decidido no llamar a la agencia de colocación, debía tener cuidado, y no tenía sentido hacer referencia a «algún día», como si quisiera hacerle creer que tenía intención de compartir con ella secretos familiares.

Se puso en pie, consciente de que había dicho demasiado y había pasado demasiado tiempo con ella. Sólo entonces se dio cuenta de que llevaba puesto el sombrero. Se lo quitó bruscamente. Definitivamente, aquella mujer lo ofuscaba, y eso no le gustaba.

—Voy a ducharme y a picar algo —dijo, a la vez que se preguntaba qué necesidad tenía de contarle sus planes cuando no eran de su incumbencia.

—Te he preparado la cena, Ramsey —dijo ella, haciendo que detuviera en seco.

Sólo la pagaba para hacer el desayuno y el almuerzo. Los hombres cenaban en sus casas y él solía ir al restaurante de Penney o a casa de alguno de sus hermanos.

–No tenías que haberte molestado.

–Lo sé, pero yo también tenía que tomar algo –explicó ella.

–Como quieras –dijo él, consciente de que estaba actuando como un maleducado.

Después de pasarse el día cocinando para sus hombres, se había molestado en hacerle la cena cuando no entraba dentro de sus funciones. Al llegar a la puerta se volvió. Chloe parecía abstraída en sus pensamientos, como si tratara de imaginar qué había sucedido con Raphael Westmoreland. Había vuelto a acurrucarse en el sofá y tras cada sorbo de vino, se pasaba la punta de la lengua por el labio superior. Ramsey sintió que el cuerpo le ardía de deseo.

–¿Chloe? –cuando ella giró la cabeza, añadió–: Gracias por la cena –y se fue.

Horas más tarde, Ramsey recorría su dormitorio con la mandíbula en tensión. Sería la segunda noche consecutiva sin dormir, y no podía permitírselo. Las dos siguientes semanas tenía que estar en plena forma para la temporada de esquila.

Al menos sus hombres estaban animados con los desayunos y los almuerzos, y al finalizar el trabajo habían estado especulando sobre qué sorpresa les tendría destinada Chloe al día siguiente. Era innegable que había animado la vida del rancho.

Ramsey fue hasta la ventana, enfadado consigo mismo por los pensamientos que lo dominaban. También su cena había estado exquisita. Había permanecido solo en la cocina, en silencio. Chloe había entrado en cierto momento para dejar su copa y le había dado las buenas noches antes de subir precipitadamente a su dormitorio.

Ninguno de los dos había mencionado el beso. En cambio, alguien se había ocupado de contárselo a Dillon y a Callum. Afortunadamente, ninguna de sus hermanas parecía saberlo, porque, de otra manera, ya habría recibido su llamada o peor aún, habrían aparecido para presentarse a Chloe.

Lo que sí había logrado aclarar a lo largo el día era que, en contra de la sospecha de Callum, Chloe no estaba huyendo de nadie. Aunque apenas había conseguido hacer que hablara de sí misma, le había contado lo de su ex novio, y parecía extremadamente interesada en la historia del viejo Raphael.

Sacudió la cabeza. Aparte de que era una extraordinaria cocinera, que tenía un antiguo novio que era un idiota, y que uno de sus amigos iba a casarse, no sabía absolutamente nada de ella. Quizá sería mejor así. De hecho, lo único importante era que hiciera bien el trabajo para el que había sido contratada. Aunque su presencia en el rancho significara que él no pegara ojo.

De eso, el único culpable era él por no poder ejercer ningún control sobre sí mismo. Tenía que dominar la tensión sexual que había entre ellos.

Pero cómo. No bastaría con imaginarla vestida con un saco porque ya conocía su cuerpo. Y le resultaba imposible fijarse en sus curvas sin que se le despertara la libido.

Suspiró profundamente y volvió a la cama. Era más de la una y si era preciso, contaría ovejas. Después de todo, eran su medio de vida.

Chloe se incorporó y contestó el teléfono, sonriendo al ver que era su padre.

—Papá, es más de la una, así que espero que tengas algo bueno que contarme.

El senador Burton dejó escapar una carcajada.

—Stephanie está aquí. Ha accedido a casarse conmigo y queríamos compartirlo con nuestros hijos.

A Chloe se le llenaron los ojos de lágrimas. Su padre se merecía toda la felicidad del mundo. Se secó los ojos.

—Me alegro por los dos, papá. Enhorabuena. ¿Habéis hablado ya con Brian y Danita?

Brian y Danita eran los hijos de Stephanie. Brian tenía veintiséis años y estudiaba Medicina en Florida. Danita, veintiuno y estudiaba en Luisiana. Chloe se llevaba magníficamente con ellos y sabía que estarían tan contentos como ella.

—Todavía no —dijo su padre—. Hemos decidido llamar primero a la mayor.

Chloe sonrió. Ya pensaban en ellos como una familia.

–Siento mucho no estar con vosotros para celebrarlo, pero en cuanto vaya a Florida, nos reuniremos.

–¿Y cuándo será eso?

Chloe se mordisqueó el labio. Ella misma no estaba segura.

–No antes de dos semanas.

Para entonces habría vuelto la cocinera de Ramsey y con suerte, ella le habría contado ya la verdad. Confiaba en que se sintiera en deuda con ella y que, aunque fuera a regañadientes, accediera a protagonizar la revista.

–Está bien, cariño. Stephanie quiere hablar contigo.

Veinte minutos más tarde Chloe colgaba el teléfono tras hablar con la que sería su madrastra sobre los planes de boda, aunque antes de tomar cualquier decisión definitiva, tendrían que consultar con Danita.

Chloe se acurrucó en la cama, deseando que su vida fuera tan feliz y plena como la de su padre. Tomó aire preguntándose de dónde habría salido aquel sentimiento. Suponía que de la llamada de su padre y de la conversación que había mantenido sobre el matrimonio con Ramsey. Hacía mucho que no pensaba en ese tema, pero siempre había pensado que, llegado el día, querría formar una familia. Al romper con Daren, no había renunciado a ese sueño, y aunque no formara parte de sus planes inmediatos, el deseo permanecía latente en alguna parte de su cerebro. ¿Acaso no le sucedía lo mismo a todas las mujeres? Incluso ella, que estaba decidida a alcanzar el éxito con su revista, estaba convencida de que encontraría al hombre adecuado. Y también estaba segura de que no sería ganadero.

Pero si eso era verdad…¿por qué iba a la cama cada noche pensando en él? ¿Por qué lo último que veían sus ojos antes de cerrarse era un par de penetrantes ojos marrones observándola como si pudiera acariciar su alma?

Cerró los ojos. Como en aquel mismo instante. Lo veía con las piernas extendidas ante sí, el sombrero puesto, más sexy de lo que ningún hombre tenía derecho a ser. Tanto, que había tenido que reprimir más de una vez el impulso de levantarse del sofá e ir a acurrucarse en su regazo, ronroneando.

Abrió los ojos lentamente, sintiéndose aliviada por no haberse dejado llevar por el impulso. Gracias a que Ramsey había querido irritarla, la había ayudado a no comportarse como una auténtica idiota, así que debía estarle agradecida. También la historia de su bisabuelo le había servido para concentrase en algo que no fuera él. Chloe estaba segura de que era una historia apasionante y se preguntó por qué no habría averiguado algo antes del bisabuelo Westmoreland. De haber salido en alguna de sus búsquedas en Internet, se habría fijado. Por eso mismo era más interesante. Y con seguridad, una historia que apasionaría a sus lectores, incitándoles a buscar en sus propios árboles genealógicos.

Se removió en la cama. Conseguiría que Ramsey le contara toda la historia. Y si no lo hacía él, lo haría alguno de sus hermanos o de sus primos. Al marcharse, Zane se había despedido con una sonrisa y una inclinación del sombrero, prometiéndole que se verían en el desayuno.

Chloe sacudió la cabeza. El único Westmoreland que verdaderamente le interesaba debía estar en aquel momento durmiendo apaciblemente a apenas unos metros de su dormitorio.

Capítulo Seis

–Buenos días.

Ramsey alzó la mirada del periódico y supo que había cometido un error. Chloe tenía los ojos hinchados y cara de sueño, y habría querido invitarla a volver a la cama… con él.

–Buenos días –saludó ella, notando el cuello en tensión.

Chloe olisqueó el aire.

–¡Genial, has hecho café!

Fue por la cafetera y Ramsey observó decepcionado que, una vez más, llevaba mallas bajo una falda corta.

Chloe se sirvió una taza y tras añadirle leche y azúcar, dio un gran trago.

–¡Maravilloso! –dijo.

–Gracias.

¿Sonreía? ¿Una taza de café podía hacerle sonreír? Según recordaba Ramsey, la noche anterior apenas se había comunicado con él. ¿Y por qué le hacía sentir tan bien saber que había contribuido, aunque fuera en una ínfima proporción, a su felicidad?

Ramsey volvió la vista al periódico. Tal y como había planeado, debía haberse marchado antes de que ella bajara a la cocina. Estaba decidido a mantener las distancias. Quizá así conseguiría dormir una noche entera.

–Voy a hacer tortillas. ¿Quieres que te prepare una?

Ramsey miró a Chloe, que estaba preparando los utensilios para organizar el desayuno. ¿Había dicho «tortilla»? La última vez que Ramsey había desayunado una fue en un hotel, durante un viaje de trabajo. Estaba deliciosa.

–Sí, por favor –dijo, intentando disimular el entusiasmo que le había causado la idea.

–¿Cómo la quieres?

Ramsey evitó decir lo primero que se le pasó por la cabeza, que, para variar, era un comentario procaz. Era demasiado temprano para pensar en sexo. Aunque el sexo a primera hora era magnífico, y no le costaba imaginar que Chloe sería capaz de incendiar la cama con su ardiente naturaleza, y cocinar en ella con el calor que desprendía.

En cuanto le dijo los ingredientes que quería, Chloe se puso manos a la obra, y él siguió observándola mientras añadía cebolla, pimientos y tomate al huevo. Viéndola se le hizo la boca agua, tanto por la comida como por la cocinera. Era un placer seguir sus movimientos por la cocina. Tanto, que pronto tuvo una erección difícil de disimular.

–¿Te apetece un zumo de naranja?

Ramsey parpadeó al darse cuenta de que se había quedado con la mirada perdida.

–Sí, gracias. Me irá bien.

En aquel momento cualquier cosa sobre la que ella pusiera sus manos le iría bien. De hecho, lo recorrió un escalofrío imaginándolas sobre ciertas partes de su cuerpo.

Chloe cruzó la cocina y puso el plato en la mesa junto con un zumo de naranja.

–Gracias.

Chloe sonrió.

–De nada.

Ramsey empezó a comer concentrándose en la comida para conseguir mitigar el efecto físico que Chloe tenía sobre él. Cuando ella le rellenó la taza de café, ni siquiera alzó la mirada para darle las gracias, pero luego siguió observándola de soslayo.

Pasó media hora sin que intercambiaran palabra. Ramsey leyendo el periódico distraídamente, y Chloe concentrada en la cocina. Pronto ella se quitó los zapatos y continuó trabajando descalza, lo que hizo sonreír a Ramsey cuando vio de nuevo sus preciosas uñas rosas.

Al terminar la tortilla y tras doblar el periódico, Ramsey decidió llegado el momento de hacer algunas averiguaciones.

–¿Tienes algún familiar por esta zona, Chloe?

Chloe se obligó a mantener la atención en lo que estaba haciendo para no dejarse alterar por la aterciopelada y profunda voz de Ramsey. Ya le había costado bastante ignorar su aroma, que percibía incluso por encima del olor del beicon.

—No —contestó, preguntándose cuál sería el motivo de la pregunta.

—¿Te has instalado aquí sin conocer a nadie?

Chloe intentó contestar sin mentir abiertamente.

—Bueno, una de mis mejores amigas de la universidad vive por aquí.

—¿Y vives con ella?

—Sí. Al menos hasta que he venido a trabajar para ti.

Ramsey apartó el plato a un lado y se apoyó en el respaldo de la silla.

—¿Y de dónde eres?

—¿De dónde crees? —preguntó ella, mirándolo con una sonrisa.

—Del sur.

—Así es: soy de Tampa, en Florida —decidiendo que ya había contestado suficiente preguntas, hizo la suya—: ¿Y qué me cuentas de Raphael y sus cinco mujeres? No pensaba que en esos tiempos fuera tan sencillo divorciarse

Ramsey se encogió de hombros.

—Averiguamos que la primera mujer con la que huyó estaba casada con un hombre que la maltrataba. Con la segunda, huyó con el consentimiento del marido, que prefirió evitar el escándalo —Ramsey decidió que ya había contado suficiente y que prefería mantener despierta la curiosidad de Chloe, aunque sólo fuera por ver cómo le brillaban los ojos.

Se levantó y llevó el plato y la taza al fregadero.

–No hace falta que te molestes –dijo ella.

–Mis padres me enseñaron a recoger.

Como el día anterior, Chloe se echó a un lado para darle acceso al fregadero, y Ramsey, que no le gustó la idea de que intentara evitar cualquier contacto con él, la sujetó por la muñeca. Ella lo miró alarmada.

–¿Por qué me tienes miedo, Chloe? –sólo entonces se dio cuenta de que deslizaba su mano acariciadoramente por el brazo de ella.

Chloe alzó la barbilla, pero no hizo ademán de retirar el brazo.

–¿Qué te hace pensar que te tengo miedo?

–Que intentas evitarme.

Chloe lo miró son sorna.

–Yo podría decir lo mismo de ti.

Ramsey guardó silencio mientras se decía que Chloe tenía razón. Al notar que ella se estremecía bajo sus dedos, la miró a los ojos.

–¿Por qué sigue pasándonos esto? –preguntó con voz ronca.

Chloe le dedicó una desconcertante sonrisa.

–Si no me equivoco, tú fuiste el que decidió besarme para que se te pasara la obsesión.

Ramsey asintió, esbozando una sonrisa.

–Ya lo sé. Y no sirvió de nada.

Chloe se encogió de hombros.

–A lo mejor no pusiste suficiente empeño –dijo.

Ramsey frunció el ceño.

–De eso nada. Puse toda mi alma.

–Lo sé –dijo ella con un suspiro.

Con la mano que tenía libre, Ramsey le hizo alzar la barbilla.

–Pero para demostrártelo, voy a hacer otro intento, a ver si esta vez funciona.

Bajó la cabeza y la besó apasionadamente, irrumpiendo con su lengua en su boca con una fuerza que hizo que el beso del día anterior resultara mojigato.

Oyó gemir a Chloe y sintió sus pezones endurecerse contra su pecho tan nítidamente que parecían estar desnudos. Y como el día anterior, su sexo en erección encontró un lugar entre los muslos de ella, que devolvía cada caricia y cada latigazo de su lengua. ¿Por qué el sabor de Chloe le resultaba tan embriagador? ¿Por qué sus bocas parecían encajar como si entre las dos formaran una unidad?

Al oír varios carraspeos su mente recibió la orden de separarse de Chloe, pero no lo hizo antes de lamer sus labios. Entonces alzó la cabeza y miró iracundo a los cuatro hombres que lo observaban con sorna desde la puerta de la cocina: Callum, Zane, Derringer y Jason. Como era de esperar, fue Zane quien tuvo el descaro de hablar.

–¿Se puede saber por qué besas todo el tiempo a tu cocinera?

***

Chloe se metió en la bañera reflexionando sobre los acontecimientos del día. Al ser interrumpidos una vez más, ella se había sentido irritada y Ramsey, como era de esperar, había vuelto a evitarla.

Igual que el día anterior, le había dejado la cena preparada y tras esperar en vano a que volviera, había decidido acostarse.

Salió de la bañera y se envolvió en una gran toalla mientras repasaba mentalmente los preparativos que había hecho para el desayuno, y asegurarse de que no se había olvidado de nada.

El ruido de un motor le hizo aguzar el oído. Se puso un albornoz y fue a mirar por la ventana. No se había equivocado, y bastó con ver a Ramsey para que su cuerpo reaccionara. Como si se sintiera observado, él miró hacia su ventana y en cuanto sus miradas se encontraron, ambos se quedaron paralizados. Chloe, conteniendo el aliento, sintió los ojos de él acariciar partes de cuerpo que hacía tiempo que nadie tocaba.

El creciente deseo la hizo estremecer. Ni siquiera la distancia podía evitar el torbellino de sensaciones que se apoderaba de cada poro de su piel con una mirada de Ramsey, y la única imagen que tenía cabida en su mente era el beso hambriento y posesivo que él le había dado.

Para recuperar el dominio sobre sí misma, suspiró profundamente, se alejó de la ventana y, poniéndose el pijama, se dijo que había hecho bien en evitar coincidir con él. Lo que más le preocupaba era que la atracción que sentía fuera no sólo física, sino también emocional. Estaba sucediendo algo que no podía definir y en lo que prefería no pensar. Temía que fuera el hombre capaz de triunfar donde Daren había fracasado, y arrastrarla hasta hacerle olvidarse de sí misma, porque tenía la habilidad de traspasar la barrera emocional tras la que se sentía segura.

Con Ramsey temía perder el sentido común, pensar en cosas en las que no debía, como por ejemplo en una niña con ojos como los de él o un niño con su sonrisa. Le aterrorizaba darse cuenta de que si había un hombre capaz de doblegar su voluntad, sería Ramsey.

Ramsey entró en la casa y se apoyó en la puerta para recuperarse. Estaba plenamente excitado. Era la primera vez que experimentaba sexo mental. Contemplando a Chloe, imaginándola desnuda bajo el albornoz, había tenido una increíble fantasía erótica que había estimulado cada milímetro de su cuerpo.

Miró hacia la escalera, consciente que el objeto de su deseo estaba en el piso de arriba, tras una puerta. Tuvo la tentación de subir, entrar en su dormitorio y besarla con tal frenesí que el beso de la mañana habría resultado inocente por comparación. Desde que había probado el sabor de su boca sabía que nunca se saciaría de él.

Se frotó las manos en un gesto de desesperación, preguntándose qué demonios le estaba pasando. Había conocido muchas mujeres hermosas, pero Chloe le hacía sentir cosas que nunca había experimentado antes. Lo había hechizado.

No la había visto en todo el día, pero había estado presente en los comentarios animados de sus hombres, y en el hecho de que habían trabajado mejor que nunca. Tenía que haber una conexión entre su buen humor y su productividad, y la causante de ello era Chloe. Ramsey les había oído especular sobre las delicias del desayuno que disfrutarían al día siguiente.

Respiró profundamente y le llegó un exquisito aroma desde la cocina. Sobre el fogón encontró varias cazuelas en las que había pollo, guisantes y macarrones con queso. Una comida típica del sur que Chloe sabía que sería de su gusto.

Fue al cuarto de baño para refrescarse antes de cenar. El beso de la mañana había hecho que le resultara imposible estar cerca de ella. Entre sus hombres ya empezaba a rumorearse que Chloe le gustaba, y durante el día, había tenido que aguantar las insinuaciones de sus hermanos y de Jason y Callum. Seguir insistiendo en que no era más que su cocinera empezaba a resultar ridículo. Para evitar que lo sometieran a un tercer grado, había rechazado la invitación a una partida de póquer en casa de Jason.

Afortunadamente, Dillon había vuelto a pasar unos días con Pamela, así que podría ir a verlo. Dillon parecía feliz en su vida de casado y Ramsey se alegraba por él. Desde pequeños habían sido como hermanos, y cuando sus padres murieron en un accidente de avión, los dos se habían esforzado por mantener a la familia unida.

Como Dillon era mayor que él unos meses, era el tutor familiar, pero los dos lo habían hecho todo juntos y habían tenido que ocuparse de sus hermanos y primos cuando nueve de ellos tenían menos de seis años.

En aquel momento, todos ellos estaban ya en la universidad o trabajando con Dillon en Blue Ridge, la empresa que sus padres habían fundado años antes, y que entre los dos habían convertido en multimillonaria.

Un ahora más tarde, Ramsey se relamía los labios tras terminar una deliciosa cena. No le sorprendió que Chloe no bajara porque, igual que él, era consciente de que estaba sucediendo algo entre ellos que ninguno de los dos quería, y que la única manera de evitarlo era no viéndose. La atracción entre ambos era demasiado intensa. Chloe se estaba convirtiendo en su debilidad, y si no ejercía mayor control sobre sí mismo, el deseo lo consumiría.

Fue hacia la escalera sacudiendo la cabeza con incredulidad. En cuanto puso un pie en el primer escalón pudo oler a la mujer que despertaba su deseo. Su olor se filtraba por debajo de la puerta, perfumando el aire, excitándolo. Llevaba dos noches sin pegar ojo y se temía que le esperaba otra igual.

Al llegar al descansillo, hizo rotar los hombros para relajarlos, y tuvo que obligarse a dar un paso delante de otro para pasar la puerta de Chloe de largo. Cuando llegó a su altura alzó la mano hacia el picaporte, pero la dejó caer antes de llegar a tocarlo.

¿Qué le estaba pasando? Acelerando el paso fue hasta su dormitorio. Debía trazar un plan por lo menos hasta el fin de semana. Para entonces, ella tendría que ir a su casa para recoger el correo, regar las plantas o lo que fuera que tuviera que hacer. Lo importante es que pondrían distancia de por medio.

Todavía faltaban tres días y Ramsey rezó para poder aguantar hasta entonces.

Capítulo Siete

–Vamos, dime qué te ha parecido Derringer.

Chloe sonrió. Era la tercera vez que Lucia le preguntaba la misma pregunta en el fin de semana.

–Ya te lo he dicho, pero no me importa repetirlo. Es muy guapo y me cae muy bien. Él, Zane y Jason suelen venir a desayunar y comer, y bromean constantemente –vio la mirada de tristeza de Lucia. Acababan de cenar después de ir al cine–. Sabes que no te costaría nada llamar su atención.

–Eso lo dices tú porque, al contrario que yo, eres muy atrevida y consigues lo que te propongas.

Chloe puso los brazos en jarras.

–¿Qué piensas hacer entonces? ¿Esperar a que necesite más pintura y tener la suerte de coincidir en la tienda de tu padre?

Lucia se dejó caer sobre el sofá con gesto abatido.

–Claro que no –luego alzó la mirada–. Pero ya basta de mí. ¿Cómo te va en tu intento de convencer a Ramsey?

Chloe sacudió la cabeza.

–No demasiado bien. Me evita como si fuera una plaga.

–¿Por qué?

–Hay demasiada tensión sexual entre nosotros –dijo Chloe, sonriendo.

–¡Qué suerte!

Chloe se apoyó en el respaldo del sofá y cerró los ojos. El problema era que Ramsey apenas aparecía por casa. Tomaba el café de la mañana y se marchaba; iba a comer y salía en cuanto terminaba. Por las noches, llegaba tarde para asegurarse de que ella ya se había acostado. Ni siquiera se habían cruzado antes del fin de semana. Chloe le había dejado un mensaje en la mesa de la cocina anunciándole que volvería el domingo por la tarde. Sonrió. Y había dejado el teléfono encendido con la esperanza de que encontrara alguna excusa para llamarla.

–Vamos, Clo. Me estás ocultando algo. Abre los ojos y cuéntamelo.

Chloe abrió los ojos. Tenía una sospecha de lo que estaba pasando, pero no creía que fuera una buena idea contarle a su amiga que tal vez también ella estaba interesada en un Westmoreland.

–Deja de preocuparte. No pasa nada.

Y no mentía. No había conseguido avanzar ni un milímetro en su campaña para conseguir que Ramsey protagonizara el número especial de la revista. Hubiera química entre ellos o no, tenía que conseguir que dejara de evitarla. Y si le contaba la verdad, no dudaba de que Ramsey le haría salir de su propiedad sin titubear.

Se puso en pie.

—Es tarde y mañana quiero levantarme temprano.

—Yo también. Mamá y papá nos han invitado a comer, y luego la tía Pauline quiere que la visitemos.

—Muy bien. Iré al rancho desde la casa de tu tía.

Era su última semana en el rancho, y tenía que conseguir su objetivo.

Aquella noche Chloe permaneció en vela, recordando imágenes de Ramsey con el torso desnudo, sujetando un cordero con sus musculosos brazos, charlando con sus hombres, bromeando, demostrando lo buen jefe que era. Tenía que admitir que era el único hombre capaz de hacer que, literalmente, se le hiciera la boca agua. Se revolvió en la cama. Y no podía negar que lo echaba de menos, que echaba de menos el rancho y, lo que era aún más increíble, que echaba de menos cocinar para los hombres, que siempre se mostraban tan agradecidos y halagadores.

Cerró los ojos sin dejar de pensar en Ramsey y en cuánto le alegraría verlo al día siguiente.

Ramsey abrió la cortina y miró por la ventana por enésima vez en la última hora. ¿Dónde estaba? En la nota decía que volvería el domingo por la tarde, pero era de noche mucho antes de la diez y la última vez que miró el reloj eran cerca de las once.

Para evitar la tentación de llamarla, había tirado

el teléfono que le dejó, pero en aquel momento empezaba a preocuparse de que le hubiera sucedido algo. Había llovido y la carretera podía ser peligrosa cuando estaba mojada. Dejó caer la cortina y volvió a pasear por la habitación arriba y abajo. Hasta ese momento no había sido consciente de lo poco que sabía de Chloe, excepto que era la mujer que más lo excitaba en el mundo.

Bueno, también sabía que era una excelente cocinera y extremadamente hermosa, que tenía un cuerpo espectacular, aunque todavía no había conseguido verle las piernas, y que se llevaba excelentemente con sus hombres, como había demostrado al hacer una tarta de chocolate para celebrar el treinta cumpleaños de Colin Lawrence.

Además, sabía el efecto que tenía sobre él cuando la observaba durante unos minutos, la adicción que le había creado el sabor de su boca y el placer que representaba oler su aroma. Pero por encima de todo eso, había logrado algo que ninguna otra mujer había conseguido antes: encender su pasión.

Quería saber qué se sentía al perderse en su interior, al sentir su calor, su cuerpo y sus piernas rodeándolo, penetrarla con una enorme erección y dejar que sus codiciosas manos se apoderaran de sus senos.

Apretó los puños. Tenía fama de ser el Westmoreland más asexuado y sin embargo, el corazón le latía desbocadamente con sólo imaginar haciendo todo eso con Chloe. Ni siquiera recordaba haber estado tan excitado en toda su vida. Y lo peor era que en lugar de intentar evitar esos pensamientos, se preguntaba qué sucedería si los llevaba a la práctica, si se dejaba llevar por el impulso. Quería...

Sus reflexiones se vieron interrumpidas por el ruido de un motor. Miró por la ventana y vio que se trataba de Chloe. Dejó caer la cortina. Llegaba tarde.

Decidió no prestar atención al alivio que sintió al comprobar que no le había sucedido nada y se aferró al enfado. Al menos, podía haberse molestado en llamar para avisar que volvería tarde. Se cruzó de brazos. Tendría que darle alguna explicación. ¡Cómo se atrevía a preocuparlo!

Su aroma perfumó la habitación en cuanto abrió la puerta. Ramsey intentó mostrarse indiferente, pero supo que no podría hacerlo cuando vio que llevaba una blusa blanca y una minifalda vaquera sin mallas.

Chloe cerró la puerta y en cuanto vio la actitud de Ramsey supo que tendría problemas. De hecho, había vuelto tarde para evitar coincidir con él. Ramsey llevaba unos vaqueros que parecían hechos a su medida y parecía no haberse afeitado en varios días. La sombra de su mentón le favorecía, dándole un aspecto aún más sexy de lo habitual.

Arrancando la mirada de su cuerpo, lo miró a los ojos, preguntándose cuál sería el motivo de su evidente animosidad. Antes de marcharse había dejado la casa en perfecto orden; incluso había lavado sus sábanas a pesar de que él le había dicho que una asistenta acudía a ocuparse de esas labores durante el fin de semana.

Por otro lado, ¿por qué le miraba las piernas como si nunca hubiera visto a una mujer con falda? Si pensaba decirle algo sobre su indumentaria, no ser mordería la lengua.

Decidió enfrentarse a él.

—¿Pasa algo? —preguntó, alzando la barbilla. Ramsey siguió mirándole las piernas—. Ramsey, te he hecho una pregunta.

Él alzó la mirada hasta su rostro.

—Llegas tarde. Dijiste que vendrías el domingo por la tarde, y son las once.

Chloe dejó la bolsa de viaje en el suelo.

—¿Y? Que yo sepa hoy no es día de trabajo. Mientras esté aquí para el desayuno, puedo hacer lo que quiera.

Ramsey se tensó. Chloe tenía razón, así que dijo lo primero que se le pasó por la cabeza.

—Ésta es mi casa.

Chloe pareció sorprenderse.

—¿Y has decretado un toque de queda?

—No se trata de eso, pero ya que te has retrasado, podías haber tenido la consideración de llamar.

Chloe clavó la mirada en sus ojos. ¿Consideración? Sintió que la sangre le hervía. ¿Cómo se atrevía a usar esa palabra? Cruzó la habitación hasta plantarse delante de él.

–Hablemos de consideración, Ramsey. Si hubieras tenido la consideración de estar aquí cuando me fui en lugar de evitarme como si fuera la peste, no habría tenido que dejarte una nota.

A Ramsey le desconcertó la rabia de Chloe cuando no encontraba motivo para que estuviera enfadada. No era ella quien llevaba varias noches en vela, sabiendo que dormía varias puertas más adelante en el mismo corredor. ¡Ni siquiera sabía que si la evitaba era porque en cuanto la veía sufría una erección que tardaba tiempo en pasársele!

De hecho, estaba harto de pasar las tardes en cualquier sitio con tal de evitar la tentación de convertir en realidad sus fantasías sexuales; estaba cansado físicamente de la revolución hormonal que padecía y de la frenética ansiedad con la que deseaba hacerle el amor hasta quedar ambos exhaustos.

Dio un paso adelante en actitud amenazadora.

–No te enteras, ¿verdad? –preguntó airado–. Me he mantenido alejado para hacernos un favor a los dos. Si llego a estar aquí, no habrías salido por esa puerta.

Por la forma en que lo miró, supo que a Chloe no le gustaron sus palabras. Dio un paso al frente y con el rostro prácticamente pegado al de él, exclamó:

–¿Y qué habrías hecho? ¿Atarme?

Ramsey sonrió al pensar en el número de veces que ese pensamiento había cruzado su mente. Nunca le habían interesado ese tipo de cosas, pero con Chloe todo parecía posible.

–Teniendo en cuenta cómo he estado toda la semana y cómo estoy ahora mismo, ésa habría sido una buena opción.

Chloe lo miró desconcertada dándose cuenta en ese momento del giro sexual que estaba tomando la conversación. La furia la había nublado, pero al prestar más atención, fue consciente del calor que Ramsey irradiaba, de la tensión en sus senos y de que la parte más íntima de su cuerpo estaba tan caliente que le quemaba.

–¿Y sabes qué te habría hecho después de atarte, Chloe?

Chloe se mordisqueó el labio. Nunca había sido particularmente apasionada, pero en aquel momento le asaltaron imágenes de una crudeza que la dejaron muda, en las que se veía atada a la cama de Ramsey, con las piernas entreabiertas mientras él avanzaba sobre ella para penetrarla.

Ramsey no esperó a que respondiera.

–Te habría desnudado y te habría lamido todo el cuerpo.

A Chloe no le costó creerlo, y al sentir que la entrepierna se le humedecía, apretó las piernas.

–¿Pero sabes en qué parte me detendría, Chloe, dónde te dedicaría más tiempo para darte el mayor placer posible?

Al no recibir respuesta, Ramsey se inclinó hacia adelante para susurrarle al oído una detallada descripción que hizo que a Chloe le temblaran las piernas.

–Así que –concluyó él con una voz cargada de sensualidad–, si no me deseas tanto como yo a ti, te aconsejo que te vayas, porque no pienso aguantar ni un minuto más.

Chloe tragó saliva porque sabía que no mentía; en la misma medida que sabía que también ella lo deseaba, que había sentido aquella misma intensidad desde el primer día que lo vio y que llevaba todo aquel tiempo soñando con él.

Por otro lado, Ramsey tenía la delicadeza de darle la oportunidad de marcharse sin sentirse culpable por dejarlo sin cocinera. Y aunque Chloe era consciente de que debía seguir su consejo y marcharse, en el fondo, no quería hacerlo. Porque lo que verdaderamente quería, era dejar que Ramsey hiciera todo aquello que había prometido hacer.

–¿Chloe? –la llamó él con voz ronca.

–¿Sí? –ella lo miró a los ojos.

–Estoy esperando.

Ella dio un último paso hacia él, apoyó las manos en su pecho y dijo:

–Yo también.

Ramsey no esperó ni un segundo para besarla. Su boca sabía al pastel de fresas que había hecho la semana anterior, y quiso devorarla con la misma avaricia con la que había comido el dulce.

Cuando exploró con su lengua cada recoveco de la boca de Chloe, la oyó emitir un gemido y todo su cuerpo estalló en una llamarada.

La intensidad de su erección le hizo saber que

besarla no sería suficiente. Apenas le quedaba voluntad para ejercer ningún control sobre sí mismo. Cada célula de su cuerpo ansiaba ser alimentada. Súbitamente separó su boca de la de Chloe. Necesitaba más. Y lo necesitaba ya.

–¿Ramsey?

La voz de Chloe le llegó jadeante y dulce, y escuchar su nombre en sus labios le resultó tan delicioso como el sabor de su boca. En aquel instante supo que le quitaría la ropa, y la mera idea de deslizar su falda hasta el suelo y colocarse entre sus piernas le hizo estremecer.

Convencido de que no llegarían hasta el dormitorio, decidió que tendrían que hacerlo en el sofá. Era lo bastante sólido y fuerte como para aguantar lo que se avecinaba. Y Chloe estaba a punto de descubrir la magnitud del ciclón que había liberado al optar por quedarse.

El aire estaba cargado de tensión sexual. Ramsey sentía la sangre fluir por sus venas, sus músculos contraerse. Asió las nalgas de Chloe y acarició el trasero que tanto le gustaba mirar. Sintió que ella se estremecía en sus brazos, le oyó decir su nombre una vez más, y el hambre que percibió en su voz le hizo enloquecer. Volvió a besarla, recorrió su boca con su lengua mientras deslizaba la mano por debajo de la falda y le acariciaba la piel.

Pero seguía sin ser bastante.

Subió las manos bruscamente hacia su blusa y se la desabotonó de un tirón. Chloe lo miró con ojos muy abiertos, y por la intensidad del deseo que vio en el rostro de Ramsey supo que aquello no era más que el principio. Él se lo confirmó al llevar las manos a su sujetador y, desabrochándole el cierre frontal, liberar sus senos. En cuanto le quitó el sujetador, cubrió sus senos con sus manos y los masajeó como si los palpara a ciegas. A continuación, agachó la cabeza y atrapó uno de sus endurecidos pezones entre los labios. En cuanto su lengua se lo humedeció, un instante antes de succionárselo, Chloe, atravesada por las más deliciosas sensaciones, le clavó las uñas en la espalda.

–Ramsey... –susurró, sin poder sostenerse en pie a medida que Ramsey atacaba sus pezones alternativamente con frenética avidez.

En lugar de contestar y, sin abandonar su pezón, Ramsey metió la mano por debajo de su falda para buscar su entrepierna. En cuanto sus dedos tocaron su húmedo centro, Chloe gimió a la vez que él dejaba escapar un grave gruñido de placer. Ramsey se echó atrás y le bajó la falda.

En unos segundos, Chloe estaba ante él, con tan sólo unas húmedas braguitas. Él dio un paso atrás y se quitó la camisa de un tirón. En cuanto ella vio su torso desnudo, alargó la mano para acariciar sus musculosos abdominales con las uñas.

Ramsey atrapó su mano y, mirándola fijamente, le chupó los dedos de uno en uno. Su lengua caliente contra la sensible piel de Chloe hizo a ésta estremecer.

–¿Te gusta? –preguntó él con voz grave y aterciopelada.

Ella sólo pudo asentir con la cabeza.

–¿Te gusta sentir mi lengua?

–Sí –susurró ella con dificultad.

–Me alegro. Ahora veamos si te gusta dentro de ti.

Ramsey se arrodilló y, sujetándola por las caderas, apretó su nariz contra sus bragas para aspirar su aroma. Luego sacó la lengua y cuando la lamió a través de la delicada seda, Chloe sintió una llamarada ardiente de placer que la llevó al borde de la explosión.

Ramsey echó la cabeza hacia atrás para mirarla a los ojos al tiempo que le bajaba las bragas. Cuando ella levantó los pies para dejarlas en el suelo, él la recorrió con la mirada con la respiración entrecortada.

Estaba hechizado. Las piernas de Chloe parecían interminables. Eran preciosas, bien torneadas, seductoras. Eran tan suaves como la seda y no debían ser escondidas bajo unas mallas. Sin poder resistir ni un segundo más, Ramsey se las acarició, deleitándose con el tacto de su piel. Eran unas piernas tan excepcionales que con sólo mirarlas se le endurecía el sexo. Y las quería anudadas a sus caderas, sujetándolo con fuerza mientras él se mecía en su interior.

Pero antes quería saborearla.

Sujetándola de nuevo por las caderas, inclinó su boca hacia su centro. Ella abrió los muslos instintivamente y cuando él metió la lengua en su interior, se aferró a él como si fuera a perder el equilibrio.

Ramsey la acarició lentamente, chupando y succionando con una intensidad que él mismo sintió atravesarlo hasta llegar a la punta de su sexo en erección. Ella empezó a mecerse contra su lengua mientras él la asía con firmeza por las caderas antes de llevar las manos a su trasero para pegarla aún más a su boca. Ella puso sus manos a ambos lados de la cabeza de Ramsey y gimió su nombre una y otra vez antes de empezar a sacudirse. Ramsey pudo sentirla, saborear su explosión. Y no quiso apartar su boca de ella hasta saciarse de su sabor.

Unos segundos más tarde, apartó su boca y delicadamente arrastró a Chloe al suelo.

—Deliciosa —dijo, mirándola fijamente mientras se relamía.

Era más que deliciosa. Chloe era increíble. Su calor y su sabor permanecían en su lengua. Y en aquel instante Ramsey sintió algo en su interior y necesitó urgentemente perderse en ella.

Con un gemido atrapó su boca. Iba a poseerla, a sentir el placer de su cuerpo, a explotar con ella. Y sólo pensarlo una pulsante sensación se apoderó de su sexo.

Se quitó los pantalones precipitadamente mientras Chloe aumentaba su ansiedad al mordisquearle los hombros. Él dejó escapar un gemido cuando sintió un mordisco. Chloe lo miró con picardía.

—Te voy hacer pagar por eso —dijo él con voz cavernosa, atrayéndola hacia sí.

—¿Preservativo?

—Maldita sea —que Chloe mencionara la necesidad de protección le hizo darse cuenta de que estaba fuera de sí.

Buscó en los bolsillos del pantalón y sacó un paquete metálico, sin querer pensar cuánto tiempo llevaba allí. Abriéndolo, se lo puso mientras sentía la mirada de Chloe siguiendo cada uno de sus movimientos. Cuando estuvo listo, volvió hacia ella, la abrazó y la besó frenéticamente.

Estaba desorientado. No había esperado sentir una necesidad tan intensa, un ansia tan abrasadora de hacerle el amor como no se lo había hecho a ninguna mujer. Chloe hacía aflorar cosas en él que sólo encontrarían satisfacción al perderse en ella.

Separó su boca de la de ella. Chloe respondía con la misma pasión que él estaba sintiendo, y Ramsey no podía esperar más. Acoplando sus cuerpos, se colocó sobre ella, le entreabrió las piernas con la rodilla y, tras sujetarla por las caderas, se adentró en ella de un solo movimiento.

El calor de Chloe lo envolvió. Sus músculos se contrajeron en torno a su sexo haciendo que el placer se incrementara, acogiéndolo en su interior como si fuera el lugar al que pertenecía.

Ramsey empezó a moverse con más fuerza, acelerando, profundizando la penetración. Y cuando gritó el nombre de ella, su propia voz le sonó como la explosión de una bomba. Los dos estallaron al unísono, el placer reverberó por sus cuerpos violentamente, y Ramsey asió las caderas de Chloe con fuerza para adentrarse aún más en ella.

–Chloe –repitió, llevando sus manos a su cabello para acariciarlo.

Las oleadas de placer alcanzaron cada rincón de su cuerpo. Y cuando volvió a tomar la boca de Chloe, se hizo la promesa de llegar al dormitorio en algún momento de la noche.

Capítulo Ocho

Varias horas más tarde lograron llegar al dormitorio. El mayor obstáculo lo constituyeron las escaleras. Era la primera vez que Ramsey, normalmente conservador, hacía el amor en ellas. Pero con Chloe, todo era excepcional.

Ramsey recordaba cada detalle mientras yacía despierto, con Chloe dormida literalmente sobre él. Recordó que la había recibido con una mezcla de enfado y de deseo, un deseo que se había visto exacerbado al verla entrar con las piernas desnudas. Para combatirlo, había pasado a atacarla, pero la estrategia no había servido de nada. Sonrió. Sólo pensar en la escena le hacía sentirse excitado nuevamente, pero reprimió la tentación de despertarla.

Chloe necesitaba descansar. Era la mujer más apasionada que había conocido en su vida. Había respondido a cada uno de sus avances con una fuerza que lo había dejado sin aliento; lo había arrastrado hasta las más elevadas alturas, y sólo había caído exhausta cuando su mutuo deseo había estallado al unísono en una gigantesca descarga. Desde entonces no se había movido, y sus cuerpos seguían íntimamente acoplados.

Ramsey aspiró su aroma. Sus senos se aplastaban contra su pecho, y sus piernas se entrelazaban con las suyas. Cerró los ojos y se quedó dormido.

Ramsey no estaba seguro de cuánto tiempo había dormido, pero cuando abrió los ojos encontró ante sí un par de increíbles ojos oscuros. En cuanto supo que Chloe estaba despierta, su cuerpo despertó, y su sexo recuperó la erección en el interior de ella. Chloe lo miró con expresión apasionada mientras los dos notaban cómo su cueva iba acomodándolo, y cuando sus músculos empezaron a apretarlo, Ramsey supo que debía empezar a moverse. Lentamente acarició la espalda de Chloe, disfrutando del tacto de terciopelo de su piel, y súbitamente, la giró y se colocó sobre ella. Chloe le rodeó las caderas con las piernas y sonrió, preparada una vez más para recibirlo. Ramsey se preguntó de dónde sacaría la energía dado el número de veces que habían hecho el amor a lo largo de la noche.

Cuando empujó hacia el interior, el gemido que escapó de la garganta de Chloe prendió en él una llama, y comenzó a moverse al tiempo que elevaba las caderas de Chloe para hacerle sentir plenamente sus envites. Cada uno de ellos era preciso, medido, calculado para hacerla gozar.

–Ramsey –susurró ella una y otra vez mientras sacudía la cabeza contra la almohada.

–Mírame, Chloe –pidió él con voz entrecortada.

Cuando ella lo miró, Ramsey se sintió consumir por un fuego interior que lo impulsó a acelerar, a moverse atrás y adelante, poseyéndola con el frenesí que lo dominaba.

Chloe podía sentir cada uno de sus músculos electrizarse, percibía cada vena de su cuerpo, se estremecía con cada empuje. Ramsey siguió adentrándose más y más profundamente en su interior, y cuando se inclinó para besarla, Chloe sintió una explosión que, arrancando desde el centro de su cuerpo se proyectó hasta las puntas de los dedos de sus pies y de sus manos, y estrechó el lazo con el que rodeaba a Ramsey para mantenerlo atrapado en su interior.

Jamás había experimentado nada igual. Se asió a los hombros de Ramsey mientras él imitaba con su lengua los movimientos de su sexo. Su cuerpo la dominaba y le pedía más, como si no quisiera que aquel frenesí acabara; sus caderas se alzaron como si tuvieran voluntad propia para ofrecerse a Ramsey. Su deseo era insaciable, desesperado; no había nada trivial en lo que sentía. De pronto tuvo la sensación de precipitarse en un abismo de placer en el que se oyó repetir el nombre de Ramsey una y otra vez al tiempo que experimentaba un clímax que hizo que el mundo se tambaleara a su alrededor. Y cuando Ramsey echó la cabeza hacia atrás y dejó escapar un prolongado gemido, volvió a estallar para acompañarlo en otro enfebrecido orgasmo.

Ramsey la abrazó con fuerza, Cada milímetro de sus cuerpos quedó en contacto y Chloe se sintió plena, saciada, feliz. Y cuando Ramsey volvió a besarla, tuvo la certeza de que lo que sentía era tanto físico como emocional.

Ramsey durmió más de lo habitual a la mañana siguiente. Sólo al oír la voz de su hermano Zane se dio cuenta de que estaba solo en la cama. Chloe se debía haber levantado mientras dormía.

Se incorporó. Había planeado ayudarla a preparar el desayuno. Era lo menos que podía hacer después de haberla mantenido despierta toda la noche con su voraz apetito sexual.

Miró el reloj de camino a la ducha y frunció el ceño. ¿Qué hacia Zane allí si apenas habían dado las cuatro? Y con él estarían Derringer y Jason, puesto que siempre se movían en bloque. Lo cual significaba que también podría encontrarse a Callum. Los cuatro había aparecido en el rancho muy temprano toda la semana anterior. De hecho, ése era uno de los motivos por los que había tratado de evitar a Chloe.

Pero eso se había acabado, y mientras se metía en la ducha se dijo que ya no habría distancia entre él y Chloe.

–Vamos, Chloe, es imposible que mi hermano esté durmiendo. Es incapaz de dormir hasta tan tarde –dijo Zane. Se llevó la taza a los labios y miró a Chloe por encima del borde con mirada risueña–. A no ser que… –en lugar de terminar la frase, dio un sorbo al café.

A Chloe le alivió que Jason, Derringer y Callum continuaran charlando sin prestar atención a las insinuaciones de Zane, aunque suponía que se hacían las mismas preguntas que él.

Quizá también se preguntaban por qué ella llevaba un pañuelo al cuello al que se llevó la mano mecánicamente para asegurarse de que le cubría las marcas dejadas por Ramsey en él. Al vérselas en el espejo, llegó a preguntarse si Ramsey las había hecho como marca de posesión, y sólo pensar en esa posibilidad había hecho que un escalofrío le recorriera la espalda.

–Ya era hora, Ramsey, ¿estás enfermo o qué?

Chloe percibió la sorna con la que Derringer recibió a Ramsey. Llevaba unos vaqueros holgados y el torso desnudo. También iba descalzo y unas gotas en el vello del pecho evidenciaban que acababa de ducharse.

Sin prestar atención a los hombres, Ramsey la miró fijamente y, caminando hacia ella, le dio un beso antes de que Chloe supiera qué iba a hacer. En la habitación de produjo un silencio sepulcral, o al menos eso le pareció a ella. No se trató de un beso largo, pero su significado delante de público, era evidente. Tras separar sus labios de los de ella, Ramsey continuó mirándola con una amplia sonrisa.

–Buenos días, Chloe.

Ella tuvo que hacer un esfuerzo para recuperar la respiración.

–Buenos días, Ramsey.

Manteniendo las manos alrededor de la cintura de Chloe, Ramsey se dirigió a los hombres.

–¿Hay alguna razón para que creáis que tenéis trato preferencial en esta casa cuando tres de vosotros ni siquiera trabajáis para mí?

Zane sonrió.

–Pero somos de la familia.

Ramsey asintió.

–Estará bien que lo recuerdes en el futuro cuando trates con Chloe.

Derringer alzó una ceja.

–¿Así van a ser las cosas a partir de ahora?

–Sí –dijo Ramsey poniéndose serio.

Chloe observaba a Ramsey tan atentamente que perdió parte del intercambio, pero al volverse hacia los hombres vio que la miraban de manera diferente y, automáticamente, se ajustó el pañuelo al cuello. Consciente de que se había creado cierta tensión, se separó de Ramsey diciendo:

–Deberías ponerte una camisa. Voy a freír beicon y no me gustaría que te saltara el aceite.

Vio la sonrisa con la que Ramsey la observaba y

le costó reconocer en él al hombre de la semana anterior. ¿Bastaría una noche de apasionado sexo para transformar a una persona? Respecto a sí misma podía decir que aunque debería estar agotada por no haber dormido, se sentía cargada de energía, como si cada célula de su cuerpo hubiera cobrado vida, como si hubiera rejuvenecido.

–Gracias por la advertencia –dijo Ramsey. Y apoyándose en la encimera le dio un sonoro beso en los labios antes de salir de la cocina.

Chloe lo siguió con la mirada y tras dar un profundo suspiro, se volvió hacia los cuatro hombres, que la observaban atentamente. En la última semana habían convertido en una rutina llegar a desayunar y a comer antes que los demás, y charlar con ella.

En aquellas conversaciones le habían hablado del negocio con caballos que estaban a punto de comenzar y de que Callum no tenía prisa por volver a Australia, aunque Chloe no sabía por qué.

Carraspeó.

–¿Queréis más café?

Antes de que contestaran, Chloe oyó llegar varios vehículos y se alegró de la distracción y de tener la oportunidad de estar ocupada.

–¿Y estás seguro de que tendrás suficientes pastos sin las tierras de Zane, Derringer y Jason? –preguntó Dillon, acomodándose en la silla tras el escritorio.

Ramsey, que parecía distraído, no contestó.

–¿Estás bien, Ram? –preguntó Dillon, preocupado.

La pregunta sacó a Ramsey de su ensimismamiento.

–Sí, claro que estoy bien.

Después de desayunar, Ramsey se había marchado para que Chloe pudiera preparar el almuerzo. De haberse quedado, sabía que la hubiera arrastrado al piso superior para continuar con sus juegos nocturnos. Así que, en un esfuerzo por comportarse, había decidido ir a ver a Dillon y a Pamela. Podía sentir la mirada de su primo clavada en él.

–Tengo entendido que las cosas entre tu cocinera y tú se han puesto serias, Ram.

Ramsey no se molestó en preguntar cómo lo sabía. Ni siquiera le importaba. Nunca le había obsesionado el sexo por el sexo; por eso no le importaba estar solo. Sólo cuando la necesidad era acuciante, buscaba compañía femenina, pero eso no ocurría con frecuencia. Sin embargo, no le costaba imaginarse haciendo el amor con Chloe regularmente, despertando a su lado...

–¿Ram?

Enfocó la mirada al darse cuenta de que Dillon había vuelto a pillarlo soñando despierto.

–¿Sí?

–¿Seguro que estás bien?

Ramsey decidió sincerarse.

–La verdad es que no –miró a Dillon pausadamente–. Me acuerdo de la primera vez que me hablaste de Pamela, y noté algo en tu voz.

Dillon rió.

–Debió ser lo mismo que noté yo el otro día cuando mencionaste a tu nueva cocinera.

Ramsey lo miró con sorpresa.

–Eso es imposible. Acababa de conocerla.

Dillon asintió.

–También yo acababa de conocer a Pamela.

Ramsey frunció el ceño. No estaba seguro de que le agradara lo que Dillon insinuaba. Se uso en pie.

–Te aseguro que no es lo mismo, Dillon.

Dillon sonrió.

–Tampoco yo le di demasiada importancia, por eso comprendo que prefieras negarlo. Pero cuando te des cuenta de que sí la tiene, espero ser el primero en recibir una invitación.

Chloe se quitó los zapatos y se sentó en el sofá antes de ponerse a preparar el almuerzo. Cada día aparecían más hombres y necesitaba recuperar fuerzas antes de entrar en acción de nuevo.

Sonrió para sí. Lo cierto era que se estaba encariñando con ellos y que a través de sus conversaciones iba conociendo a Ramsey, al que consideraban un jefe justo y considerado, que se preocupaba tanto de ellos como de sus familias. Aquella mañana, Ramsey había insistido en que se sentara con ellos al final del desayuno para tomar una taza de café mientras charlaban. Con la información que había recogido a lo largo de los días, el artículo resultaría mucho más interesante.

Si no fuera porque no pensaba escribirlo.

Suspiró profundamente. Su objetivo había sido convencer a Ramsey, pero dado como se habían desarrollado las circunstancias, ya no podía contar con ello. Había cruzado la frontera entre lo profesional y lo personal, y no estaba dispuesta a que Ramsey creyera que lo que había sucedido no tenía nada que ver con la revista. Por eso mismo, aquella misma noche le diría la verdad, e incluso le convencería de que le dejara trabajar en el rancho el resto de la semana, al menos hasta que su cocinera volviera al lunes siguiente.

Prefería no pensar en cómo reaccionaría cuando averiguara la verdad. No había pretendido que las cosas sucedieran de aquella manera, pero tampoco había hecho nada por evitarlo. Y al pensar que su tiempo juntos se acababa, sentía que el corazón se le iba a partir. La situación se estaba complicando. Ya no sólo mentía a Ramsey, sino a los miembros de su familia que había conocido, y las mentiras acabarían por ahogarla.

Oyó que llamaban con los nudillos antes de que se abriera la puerta. Se puso en pie y de pronto se encontró bajo la atenta mirada de tres mujeres con los ojos del mismo color que Ramsey. No necesitó que se presentaran para saber que eran sus hermanas.

Ramsey maldijo entre dientes al llegar al patio y ver los coches de sus hermanas. Sólo había una explicación posible a aquella inesperada visita: habían decidido hacer averiguaciones en persona.

Al bajar del vehículo le llegó un delicioso aroma de la cocina. Chloe dejaría de trabajar para él aquella semana, y no sabía cómo reaccionarían sus hombres al perderla. Para preparar el terreno, había dejado un mensaje a Nellie diciéndole que debían charlar antes de su vuelta. Su actitud tendría que cambiar.

Pero lo que le preocupaba realmente era lo que sentía al pensar que Chloe se iba a marchar. Y eso que, en contra de lo que creía Dillon, no se trataba de que sintiera algo por ella más allá de que le agradara su compañía o de que le gustara el sexo con ella. Él era un hombre solitario, y siempre lo sería.

Oyó voces y risas femeninas en cuanto entró. Era evidente que lo estaban pasando bien, y por alguna extraña razón, le alegró que así fuera. Siguiendo el sonido de las voces y el olor a comida, fue a la cocina y contempló la escena desde la puerta. Sus hermanas estaban probando algo que Chloe había preparado, mientras ésta removía el contenido de una olla. De no ser porque sabía que no era cierto, habría pensado que se conocían de toda la vida.

–Perdonad que os interrumpa –dijo al ver que no se percataban de su presencia.

Cuatro pares de ojos se posaron sobre él, pero él sólo se fijo en los de Chloe, y al verlos, sintió un cosquilleo en la boca del estómago. Tuvo la tentación de actuar igual que lo había hecho aquella mañana delante de sus hermanos, pero las sonrientes caras de sus hermanas escrutándolo lo dejaron paralizado.

—No interrumpes nada —dijo Bailey con dulzura—. Sólo estábamos charlando con Chloe para conocernos mejor.

Ramsey estuvo punto de señalar que no tenía sentido que se molestaran puesto que Chloe se marcharía aquel mismo viernes, pero no lo hizo.

—Como queráis. Yo voy a trabajar a mi despacho.

Al salir, se preguntó por qué actuaba en contra de lo que había decidido, pero llegó a la conclusión de que si les daba más munición, sus hermanas podrían llegar a ser peligrosas. Además, así salvaría a Chloe de ser interrogada, aunque no le cabía la menor duda de que ya le habrían sonsacado toda la información posible.

Al llegar a su despacho se sentó ante el escritorio. Estaba deseando tener unos minutos a solas con Chloe, pero tendría que esperar. Tomó una carpeta de encima de la mesa. Al menos intentaría hacer algo del trabajo retrasado mientras esperaba a que sus hermanas se fueran. Pero si se demoraban, tendría que animarlas amablemente a que lo hicieran.

Sonrió al imaginar su reacción. Ya las había echado de su casa con anterioridad, pero siempre bromeando. En aquella ocasión, sin embargo, no bromearía. Y en cuanto pudiera, repararía el cerrojo de la puerta trasera. Nunca le había importado que no funcionara y que sus amigos y familia entraran en su casa a su antojo, pero había empezado a molestarle.

Dejó la carpeta sin tan siquiera abrirla al darse cuenta de lo que estaba pensando. La única razón de que se planteara cambiar el cerrojo era que en dos ocasiones, sus primos le habían encontrado besando a Chloe. Pero puesto que se iba a marchar el viernes, ¿tenía sentido que hiciera algo al respecto?

Se apoyó en el respaldo de la silla bruscamente. Por supuesto que tenía sentido, porque estaba claro que no quería que su relación con Chloe acabara aquella semana. Podía salir con ella, llevarla a cenar. Nada serio, desde luego. ¿Pero tendría tiempo? No debía olvidar que pronto nacerían los corderos y que algunos de sus hombres se marcharían a otros ranchos para conducir ganado.

En ese momento supo que iba a hacer lo que llevaba sin hacer diez años: buscar tiempo para pasarlo con una mujer.

Alzó la mirada al oír que llamaban a la puerta. Se le aceleró el pulso. ¿Se habrían marchado sus hermanas y Chloe acudía a buscarlo? Se puso en pie expectante, pero al ver que se trataba de Callum, frunció el ceño y se volvió a sentar.

Ramsey no necesitaba preguntarle por qué estaba allí. Y tal y como se sentía en aquel momento, tuvo la tentación de ofrecerle dinero para que se llevara a Gemma de su rancho. Pero eso no solucionaría el problema de Megan y de Bailey. Megan no salía con nadie desde que había roto con el estúpido médico con el que había mantenido una relación el año anterior. Y afortunadamente, Bailey estaba demasiado concentrada en sus estudios como para interesarse en los hombres. Aunque a veces lo sacaba de sus casillas, no podía negar que se sentía orgulloso de su determinación y de sus esfuerzos para sacarse el título de abogada en un tiempo récord.

–¿Qué haces aquí, Cal? –preguntó Ramsey sin poder resistirse a tomar el pelo a su amigo.

Callum se había reído de él las dos últimas semanas por Chloe y merecía recibir su propia medicina.

–¿Tú qué crees?

Ramsey puso los ojos en blanco. Callum había pasado demasiado tiempo con Zane en los últimos días y empezaba a sonar como él.

–Sabes que uno de estos días vas a tener que tomar una resolución drástica, aunque no me refiero al extremo de raptarla –dijo Ramsey.

Callum se limitó a sonreír. En cualquier otra ocasión esa sonrisa habría inquietado a Ramsey, pero aquel día no lo alteró. Tenía sus propios problemas y los de Callum y Gemma no lo afectaban.

Lo único que verdaderamente le importaba era averiguar si Chloe querría seguir viéndolo a partir del viernes. Y estaba decidido a hacer lo que hiciera falta para que lo deseara tanto como él.

Capítulo Nueve

En cuanto se fueron los últimos coches, Chloe se volvió hacia Ramsey, que la observaba desde el umbral de la puerta. Los hombres habían llegado a almorzar puntuales y las hermanas de Ramsey se habían quedado a comer con ellos. Zane, Derringer, Jason y Callum se unieron al grupo.

Cuando acabaron, las hermanas de Ramsey y éste ayudaron a recoger, por lo que la cocina quedó limpia en menos de media hora. Luego Ramsey animó a sus hermanas a que se marcharan y éstas, que comprendieron la indirecta, se llevaron consigo a Derringer, Jason y Zane. Callum por su parte, volvió a la planta de esquilar con los trabajadores.

Así que por primera vez desde que se habían levantado, Ramsey y Chloe estaban a solas. En cuanto se miraron, Chloe recordó la boca de Ramsey recorriéndole el cuerpo, devorando sus senos, mordisqueando el interior de sus muslos. Tomó aire mientras pensaba en la perfección de sus dos cuerpos unidos, en las sensaciones que Ramsey le había hecho sentir al moverse en su interior… Era un amante apasionado e imaginativo. No necesitaba que apareciera en ninguna revista para saber de primera mano que era un hombre irresistible.

–Ven aquí, Chloe.

Sus palabras, pronunciadas con un cálido aliento, flotaron en el aire hasta llegar a Chloe con la misma intensidad que sus caricias de la noche anterior. Sin titubear, caminó directa a sus brazos y cuando él la cobijó, alzó el rostro con ojos brillantes. Él agachó la cabeza para besarla, y con el beso, todo su cuerpo se activó. Sus senos se acomodaron contra el pecho de Ramsey y sus muslos acomodaron su sexo en erección.

Unos instantes después sus bocas se separaron y Chloe se asió a los hombros de Ramsey para mantener el equilibrio.

–Te haría el amor aquí mismo –dijo él–, pero no quiero arriesgarme a que nos interrumpan.

Por la expresión de su rostro, Chloe supo que no mentía, que la deseaba tanto como ella a él.

–Entonces tendremos que ir arriba –susurró ella con voz ronca.

Sin decir nada, Ramsey la miró fijamente y, tomándola en brazos, la llevó hacia las escaleras.

En el dormitorio, la dejó sobre la cama y dio un paso atrás. Quería mirarla, estudiarla, analizar a la mujer que le había cambiado la vida hasta el punto de que deseaba hacerle el amor a las tres de la tarde en lugar de atender al rancho en la temporada más importante del año.

Pero en aquel momento lo más importante para

él era perderse en Chloe, unir su cuerpo al de ella, sentir sus músculos apretándolo. Sólo pensarlo le excitaba de tal manera que habría querido arrancarle la ropa y penetrarla, permanecer en su interior el resto de su vida.

La miró. Quería sentirla húmeda, caliente. Se sentó y le pasó la lengua por el labio inferior. Había algo en su boca que le creaba adicción. Quería saborearla como había hecho la noche anterior, saciarse de ella.

Le quitó la camisa y vio que sus pezones endurecidos se apretaban contra el sujetador de encaje rosa. Se preguntó si las braguitas serían del mismo color. La noche anterior llevaba un conjunto verde y la combinación le había resultado extremadamente sexy.

Con dedos temblorosos le desabrochó el cierre frontal del sujetador y contempló sus senos desnudos. Eran perfectos y no había nada comparable a su sabor. Agachó la cabeza y lamió uno de ellos a la vez que le sujetaba el seno con firmeza.

Oyó los gemidos de Chloe mientras le mordisqueaba un pezón y luego el otro. Sus pezones estaban duros y calientes, y no recordaba haber disfrutado nunca antes tanto con los senos de una mujer.

Cuando finalmente alzó la cabeza, sonrió felinamente y, sin decir palabra, le bajó la falda vaquera y las mallas.

–Tengo que decir que esta prenda no me gusta nada –dijo, deslizando la cintura de goma hacia abajo.

—¿Por qué? –preguntó ella, desconcertada.

—Porque ocultan tus piernas.

Chloe sonrió.

—¿Preferirías que no las llevara mientras doy de comer a tus hombres?

—No –replicó Ramsey al instante.

—Entonces…

—Entonces puedes llevarlas en público y yo te las quitaré cuando estemos a solas.

—De acuerdo.

Ramsey se quedó mudo al descubrir un tanga rosa bajo las mallas y pensar de inmediato que quería descubrir lo que ocultaba. Deslizándose al suelo para arrodillarse al pie de la cama, colocó la cabeza entre los muslos de Chloe y puso sus piernas sobre sus hombros. Igual que la noche anterior, una pulsante sensación recorrió la parte baja de su cuerpo con sólo sentir sus piernas suaves y aterciopeladas sobre la piel desnuda. Oler su aroma íntimo y tener la boca tan ceca de su sexo exacerbaba su excitación.

Pasó su lengua por encima del tanga a modo de aperitivo. El gemido de Chloe fue directo a su sexo, endureciéndolo aún más. Alzó la mirada y al ver la expresión de total abandono de Chloe, su hambre se incrementó. Levantándole las caderas, le quitó el tanga. Desde que la había probado la noche anterior deseaba volver a tener su sabor en los labios. No había descubierto la verdadera dimensión de su deseo sexual por ella hasta que habían hecho el amor. Cada orgasmo de la noche anterior le había hecho desear aún más el siguiente.

Dejando la prenda de ropa interior en el suelo, recuperó la postura y empezó a lamerla, dibujando con su lengua sus formas femeninas.

–Ramsey –susurró ella, apretando sus muslos por la urgencia de su deseo.

–¿Sí, cariño? –dijo él, en el mismo tono.

–Me… me gusta.

Ramsey se estremeció.

–A mí también –dijo.

Y para demostrárselo, se adentró en ella. El sabor de Chloe le hacía enloquecer y sólo podía recuperar la cordura emborrachándose de él, haciendo lo que estaba haciendo. Y el sonido de los gemidos y grititos de Chloe, la manera en que lo aprisionaba con sus piernas y el dulce jarabe que su cuerpo producía, despertaba su codicia.

Supo que Chloe no tardaría en alcanzar el clímax y aumentó la presión de su lengua, lamiéndola como si su vida dependiera de ello. Y cuando sintió que Chloe se tensaba, apretó la boca contra su cueva y esperó a que sus espasmos se iniciaran para volver a empujarla un poco más alto con su lengua.

Chloe creyó que la cabeza le iba a estallar por la violencia de los espasmos que la sacudieron. Ramsey le había alzado las caderas y mantenía los labios sellados contra su sexo mientras su lengua la atacaba una y otra vez. Cuando alcanzó el clímax gritó su nombre repetidamente a medida que el torbellino de sensaciones que la invadían le hacía perder todo sentido de la realidad.

Ramsey sólo se separó de ella cuando las sacudidas remitieron. Chloe yacía exhausta, inerme. Con los ojos entornados, vio que Ramsey se ponía en pie y se quitaba la ropa. Admiró su cuerpo desnudo, y ver su sexo firme y poderoso le devolvió la energía y reanimó su deseo. Ramsey fue hasta la mesilla, sacó un preservativo y se lo colocó. Y en cuanto se inclinó para separar las piernas de Chloe delicadamente, ésta sintió fuego correrle por las venas

Unos instantes más tarde, Ramsey la besó con una delicadeza que estuvo a punto de hacerle llorar. Luego, separó sus labios de los de ella y, alzándole las caderas, la penetró profundamente. Chloe dejó escapar un gemido de placer al sentirlo dentro de sí y Ramsey empezó a mecerse para incrementar su placer.

–Mírame, cariño. Siénteme –dijo Ramsey, acariciándole la barbilla.

No había duda de que lo sentía y de que su anhelo era tan intenso como el de él. Ramsey aceleró el ritmo y Chloe se aferró a él para acompañarlo hasta el final.

Y cuando Ramsey gimió su nombre, Chloe tuvo la certeza de que, al menos en la cama, estaban hechos el uno para el otro. Y cuando también ella estalló, habría jurado sentir el néctar de Ramsey adentrarse en lo más profundo de su vientre. Pero eso era imposible porque llevaba puesto un preservativo, así que sólo podía estar imaginándolo.

Un buen rato más tarde yacían uno junto al otro. Chloe pegaba toda su espalda al frente de Ramsey, que cruzaba su brazo sobre la cintura de ella.

Chloe se sentía saciada, relajada, segura. Después de la primera vez, Ramsey había ido al cuarto de baño y, por si acaso, se había puesto otro preservativo, dispuesto para una noche tan activa como la anterior. Comprobar que su deseo era tan intenso como el de ella, había hecho que a Chloe se le acelerara el corazón

Dejando escapar un suspiro, se dijo que no podía esperar a decirle la verdad. Aunque temiera las consecuencias, no podía retrasarlo ni un minuto más. Le explicaría que ya no quería que posara para la revista ni escribir un artículo sobre él. Convencida de que sería mejor hacerlo cuanto antes, se giró en la cama.

—Ramsey —dijo con voz ronca—, tengo que decirte una cosa.

Ramsey posó un dedo sobre sus labios. Conociendo como conocía a sus hermanas, sospechaba que la habrían presionado y quizá quería aclararle que para ella lo que estaba pasando no era particularmente serio. Y aunque Ramsey la comprendía, no quería que todavía llegara ese momento.

Ya tendrían tiempo de hablar el final de la semana. Entonces podría contarle sus planes de futuro, explicarle que quería seguir viéndola, salir con ella, hacerle el amor. Recordó su conversación con Dillon y se dio cuenta de que claro que quería que fuera ese tipo de relación, aunque inicialmente no hubiera querido darle importancia.

–Por favor, dejemos las conversaciones serias para más adelante. Necesito conservar la paz que he encontrado contigo, Chloe. ¿Te importa esperar un poco?

Chloe asintió lentamente.

–Sí, puedo esperar.

–Además –continuó Ramsey–, está a punto de terminar la esquila y las ovejas que no están preñadas han de ser trasladadas a otros pastos y…

–¿Tienes muchas ovejas preñadas?

–Casi la mitad del rebaño –dijo Ramsey, sonriendo al ver su cara de sorpresa.

–¿Cómo es posible que se queden todas a la vez?

–Porque se organiza de esa forma. Las hembras se ponen junto a los machos durante el celo, y a los cinco meses nacen las crías. Paren todas en un periodo de dos semanas.

–¡Caramba!

Ramsey rió. Le agradaba que Chloe sintiera curiosidad por el rancho.

–Mientras, las ovejas que no están preñadas y los machos castrados son trasladados a otras tierras para los próximos meses.

Ramsey tuvo una súbita idea.

–Uno de mis hombres, Pete Overton, no va a poder empezar a conducir ganado hasta el domingo por la mañana, así que voy a ir a sustituirlo el sábado por la mañana para hacer los preparativos. ¿Quieres venir conmigo? Estaremos de vuelta el domingo al mediodía.

Chloe sonrió. Había intentado decirle la verdad, pero él había preferido posponer cualquier asunto serio para el final de su estancia en el rancho. Para ella era lo más conveniente, pues estaba convencida de que Ramsey se enfurecería y quizá no querría volver a verla.

Incorporándose, rodeó su cuello con los brazos y dijo:

—Iré contigo encantada.

Capítulo Diez

Durante los días que siguieron, Chloe tuvo que aceptar que estaba enamorándose de Ramsey. Dormían juntos cada noche y se levantaban al amanecer para preparar el desayuno entre los dos.

Durante esas horas, Ramsey hablaba más de sí mismo y de su familia que el resto del día. Cinco de sus hermanos eran menores de edad cuando sus padres y murieron, y Dillon se había encontrado en una situación similar. La admiración de Chloe aumentó al conocer las anécdotas de aquellos difíciles años.

Ramsey también hablaba de su trabajo. Una tarde dieron un paseo por el rancho y le enseñó las parideras en las que en menos de una semana nacerían los corderos. También la había llevado a ver a los hombres a esquilar y a los perros conduciendo ganado, y Chloe se había quedado fascinada.

Acababa de colgar la última cazuela en el escurridor cuando el sonido de la puerta le hizo volverse. Ramsey fue directo a ella y la besó.

Chloe le devolvió el beso haciendo oídos sordos a la voz interior que susurraba lo difícil que le iba a resultar marcharse al final de la semana. Para ignorarla, se estrechó contra Ramsey y se entregó a su beso con toda la pasión de que era capaz.

Unos segundos más tarde, él echó hacia atrás la cabeza.

—¿Por qué sabes siempre tan dulce? —preguntó.

Chloe sacudió la cabeza y sonrió.

—Por la misma razón que tú tienes un sabor delicioso —dijo. Y para demostrárselo, le pasó la lengua por la comisura de los labios.

Por la forma en que brillaron los ojos de Ramsey, supo al instante lo que estaba pensando.

—Haciendo cosas así te vas a meter en un lío —dijo él, estrechándola en sus brazos.

—No sé por qué —replicó ella, sonriendo con picardía.

—Ya te lo demostraré —Ramsey dio un paso hacia atrás—, pero todavía no. Antes tengo que decirte que nos han invitado a cenar.

—¿A cenar? —preguntó ella, enarcando las cejas.

—Sí, mi primo Dillon y Pamela quieren conocerte.

Chloe tuvo un ataque de pánico. Prefería no implicar a más miembros de la familia de Ramsey en sus mentiras. Sentía afecto por todos ellos, y estaba segura de que Dillon también le gustaría.

—¿Por qué quieren conocerme? —preguntó, inquieta ante la idea de conocer al hombre al que Ramsey se sentía tan unido.

—Porqué han oído muchas cosas positivas sobre ti y quieren conocerte en persona.

Chloe no supo qué decir. También ella sentía curiosidad por conocerlos.

–Seguro que Jason les ha dicho que hago los huevos fritos a la perfección –bromeó.

–Puede ser –Ramsey rió–. O puede que hayan sido mis hermanas o mis hermanos. Están todos muy impresionados contigo.

Chloe miró al suelo. En cualquier otra ocasión, se habría sentido halagada de gustar a la familia del hombre al que amaba, pero dadas las circunstancias, se sentía incómoda. Cuando supieran la verdad, todos pensarían que había engañado a Ramsey. Lucia había tenido razón tal y como ella había comprobado por sí misma: los Westmoreland formaban una piña. Quien traicionaba a uno de ellos, traicionaba a todos.

–¿Les digo que sí o que no? –preguntó Ramsey.

Chloe habría querido inventarse alguna excusa, pero en el fondo estaba deseando conocer a todos los seres queridos del hombre del que se había enamorado.

–Claro que iré contigo –dijo, tras dar un profundo suspiro.

Ramsey no recordaba la última vez que había acudido a una reunión familiar con una mujer. Ni siquiera recordaba haber llevado a Danielle, aunque la relación entre ella y su madre era tan buena, que ésta solía invitarla a comer siempre que quería.

De hecho, Ramsey era consciente de que la razón

fundamental por la que había empezado a salir con Danielle era por lo bien que le caía a toda su familia. Y después, se sintió en la obligación de casarse con ella porque Danielle lo había esperado durante todos los años de facultad.

Sin embargo, como se demostró, en su espera no había sido necesariamente célibe, y se había quedado embarazada. Lo más triste fue que el hombre en cuestión no se casó con ella y había acabado siendo una madre soltera.

Ramsey miró a su alrededor diciéndose que en realidad no se trataba de una reunión familiar oficial. Dillon y Pamela les habían invitado a cenar, y él había creído que se trataba de una cena entre los cuatro, pero al llegar se habían encontrado con sus tres hermanas, que no hacían más que sonreírle, encantadas, así como a Zane, Derringer y Jason. El que menos le sorprendió encontrar fue a Callum, que siempre aparecería allí donde estaba Gemma.

—Aunque me decepcionaste al no aceptar la oferta de la revista, me has compensado con Chloe, Ram. Me encanta —dijo Bailey.

Ramsey se volvió hacia su hermana.

—¿Y qué es lo que te gusta de ella? —preguntó con curiosidad.

—Que me parece perfecta para ti.

A Ramsey, que esperaba un discurso elaborado, le sorprendió la sencillez de la explicación, pero quiso saber más.

—¿A qué te refieres?

Bailey se encogió de hombros.

–Es guapa, como tú. Ella sabe cocinar; tú, no. Ella es extrovertida; tú, introvertido. ¿Quieres que siga?

–No.

–Todos sabemos que eres un poco lento, así que, si te interesa, te recomendaría que no te duermas.

–¿Qué te hace pensar que me interesa? –preguntó Ramsey, mirando a Chloe, que charlaba animadamente con Pamela.

–Que la hayas traído significa mucho –dijo Bailey. Y sin añadir más, se alejó de él.

Ramsey estuvo a punto de seguirla y decirle que se equivocaba, pero cuando volvió a mirar a Chloe, se preguntó si Bailey no estaría en lo cierto.

Chloe miró por enésima vez en la dirección de Ramsey antes de continuar con la conversación que sostenían los que la rodeaban, que incluía desde los últimos acontecimientos en política exterior al vestuario de la primera dama en una aparición pública reciente.

Ramsey había cruzado con ella la mirada en más de una ocasión y le había dedicado una sonrisa que ella había recibido como una caricia… íntima.

–¿Así que eres hija única, Chloe?

Chloe miró a Gemma y sonrió. Los Westmoreland le habían hecho muchas preguntas y había podido contestar sin tener que mentir.

–Sí, pero no por mucho tiempo. Mi padre va a casarse dentro de unos meses y su futura esposa tiene un hijo y una hija.

–¿Y no te molesta? –preguntó Bailey.

Chloe rió.

–En absoluto. Mi padre ha pasado mucho tiempo solo. Mi madre murió cuando yo tenía dos años, así que ya es hora de que rehaga su vida.

La conversación se centró en Megan, que explicó cómo era su día a día como anestesista. Chloe miró hacia Ramsey, que estaba hablando con Dillon. Tenían un parecido innegable.

Ramsey la miró en ese momento y ella sintió que el corazón se le aceleraba. Se quedó con la mirada fija en él y una oleada de calor le recorrió todo el cuerpo. Ramsey dijo algo al oído e Dillon y, a continuación, se puso en pie y cruzó la habitación hacia ella.

Al llegar a su lado, le tomó la mano, un gesto que no pasó desapercibido a sus hermanas, y dijo:

–Gracias por una encantadora velada, Pamela. Es hora de que Chloe y yo nos vayamos.

Chloe lo comprendió al instante. O se quedaban a solas, o montarían un espectáculo delante de su familia.

Pamela miró el reloj.

–Pero si es muy pronto.

–Para nosotros, no –dijo Ramsey, sonriendo.

Aquella noche, Ramsey contemplaba a Chloe mientras dormía. Apenas habían entrado en la casa se habían desnudado el uno al otro con una ansiedad que les impidió llegar al dormitorio. Una vez

132

más, usaron el sofá. En cuanto estuvo en el interior de Chloe, todas las compuertas que había mantenido cerradas las últimas horas se abrieron de golpe. Le había hecho el amor con una intensidad que lo había sobrecogido. Chloe lo había recibido con una ansiedad equiparable, retorciéndose contra él, saliendo al encuentro de cada uno de sus embates como si su vida dependiera de ello.

Le había clavado las uñas y en más de una ocasión le había mordido. Él había gruñido al tiempo que aceleraba el ritmo. Chloe le pidió más y se lo dio. Se había convertido en una gata salvaje que sabía el grado de placer que quería experimentar y que exigía que se lo diera.

Y cuando alcanzaron un orgasmo de dimensiones cósmicas, sólo un hilo mantenía a Ramsey asido a su cordura. En el momento en que el placer le partió el alma en dos, supo que aquél no era sexo normal, que no había nada ordinario en su unión, que jamás había experimentado nada igual.

Y en aquel instante adivinó por qué.

Por primera vez en su vida quería mantener una relación seria con una mujer porque lo que sentía por Chloe no era meramente sexual.

Por los rumores que había oído, también sus hombres iban a echarla de menos, y no sólo como cocinera, sino como persona. Chloe había sabido ganarse su confianza y los trabajadores acudían a cada comida con la expectativa de verla.

Pero por mucho que la echaran de menos, nada

podría compararse con lo que él sentía. En dos semanas le había llegado al corazón, haciéndole sentir una plena satisfacción cuya razón última sólo comprendió en aquel instante. Agachó la cabeza para besarle la frente. Amaba a aquella mujer y quería conservarla.

Cabía la posibilidad de que a ella no le interesara mantener una relación seria, pero él haría lo que hiciera falta para hacerle cambiar de opinión. Había llegado el momento de aplicarse a sí mismo el consejo que le había dado a Dillon. Si sabía lo que quería, no tendría perdón que no lo consiguiera. Tenía un objetivo: al año siguiente, por aquellas mismas fechas, Chloe ocuparía un lugar permanente en su cama, como su esposa.

—¿Estás bien, Chloe?

Chloe miró a Ramsey. No lo estaba. Despedirse de sus trabajadores le había roto el corazón, y no había logrado contener las lágrimas cuando le dieron un regalo de despedida.

—Sí. No me pasa nada –mintió.

Ramsey la había ayudado a recoger después del almuerzo. Luego, había preparado una bolsa de viaje y, al salir, había descubierto una gigantesca autocaravana en la puerta. Ramsey le había contado que los rancheros se habían modernizado y ya no acampaban al aire libre, pero su autocaravana era especialmente lujosa. Sus hombres ya habían llevado el ganado a las tierras altas, que lindaban con la propiedad de Dillon. Hasta ese momento, Chloe no era consciente de la enormidad del terreno que poseían los Westmoreland.

–Los hombres van a echarte de menos.

–Y yo a ellos.

–Y yo a ti, Chloe

Chloe miró a Ramsey, que al pagar el motor se volvió hacia ella. Al instante, el aire se cargó de electricidad.

–Yo también te voy a echar de menos, Ramsey.

Él se inclinó y ella lo imitó para encontrarlo a mitad de camino. Ramsey le pasó la lengua por el labio inferior.

–Bajemos. Quiero enseñarte el terreno antes de que se haga de noche.

Pasearon de la mano cerca de las ovejas, que pastaban. Pete Overton, los saludó al verlos.

–Ya que estás aquí, jefe, me voy antes de que empiece la fiesta.

Su hijo mayor acababa de licenciarse y su mujer había organizado una celebración en su honor.

–Claro, Pete. Dale la enhorabuena a Pete Jr. Sé lo orgullosos que Jayne y tú estáis de él.

–Gracias, Ram –dijo Pete con una sonrisa de oreja a oreja. Luego miró a Chloe y añadió–: Como le hemos dicho hoy al mediodía, vamos a echarla de menos.

–Gracias, Pete –dijo ella.

Lo siguieron con la vista mientras se subía a su furgoneta y se marchaba.

–Pete no suele encariñarse con facilidad. Es evidente que le caes bien –dijo Ramsey, tomando a Chloe por la cintura.

–Él a mí también –dijo ella, apoyando la cabeza en su hombro–. Me caen bien todos tus trabajadores.

Ramsey le mostró los cuatro perros que dirigían el ganado y que avisaban si alguna se salía del rebaño. Tras mostrarle los pastos en los que las ovejas pasarían los siguientes meses, volvieron a la autocaravana para tomar un sándwich.

Al atardecer, sacaron dos sillas plegables para sentarse en el exterior y contemplar las estrellas. Un poco después, extendieron una manta en la hierba e hicieron el amor bajo el cielo de Colorado. Cuando refrescó, volvieron al interior, se ducharon e hicieron de nuevo el amor.

Al día siguiente, desayunaron y fueron a ver el ganado. Después de comer, vieron varias películas en DVD acurrucados en el sofá. Chloe tenía la impresión de que ninguno de los dos quería que nada ni nadie interrumpiera su idílico fin de semana.

Ramsey le contó cómo había tenido que enterrar el dolor por la muerte de sus padres y tíos para poder ocuparse de sus hermanos pequeños, y a Chloe le emocionó tanto que compartiera aquellos dolorosos recuerdos con ella, que estuvo a punto de hacerle confidencias sobre la muerte de su madre y la tristeza que se apreciaba en los ojos de su padre en días señalados; quiso contarle que ésa era la razón de que estuviera tan contenta de que fuera a casarse. Pero si lo hacía, tendría que contarle todo lo demás, y Ramsey le había dicho que no estaba preparado para una conversación seria.

Aquella noche se ducharon juntos. Ramsey la arrinconó contra la pared, cerró el agua y, arrodillándose, le separó las piernas para saborearla.

Las sensaciones que despertaba en Chloe cuando le acariciaba con la lengua hacían a ésta gemir de placer, y si no gritaba era porque se contenía. Ramsey le había mostrado formas increíbles de hacer el amor, tan sensuales y eróticas que sólo recordarlas le temblaban las piernas.

Finalmente no pudo contenerse y gritó de placer al tiempo que clavaba las uñas en los hombros de Ramsey. Cuando ya no creía que pudiera gozar más, él se puso de pie, la tomó en brazos para que se anudara con las piernas a su cintura y la penetró. Al instante empezó a moverse deprisa, arrancando otro grito de la garganta de Chloe, que se oyó gritar y suplicar que siguiera, que acelerara. Palabras que Chloe jamás se hubiera creído capaz de articular, lo que le confirmó que Ramsey la arrastraba a niveles de excitación que jamás había experimentado.

Apretó sus piernas en torno a la cintura de Ramsey. Él echó la cabeza hacia atrás y dejó escapar un grito gutural que podía haberse tomado como de dolor si su rostro no llegara a reflejar el más exquisito placer. Y cuando Chloe lo notó estallar en su interior, sintió que el mundo daba vueltas al tiempo que Ramsey seguía embistiéndola con frenética precisión y un calor líquido se expandía por todo su cuerpo. Entonces Ramsey agachó la cabeza y la besó con voracidad. Cuando separó su boca de la de ella, Chloe dejó caer la cabeza contra su pecho. Al alzarla y cruzar su mirada con la de él, tuvo que hacer un esfuerzo sobrehumano para no decirle que estaba enamorada de él.

Pete volvió el domingo por la mañana para relevar a Ramsey, que estaba ansioso por llegar al rancho y mantener una seria conversación con Chloe. Cualquier duda que pudiera haber tenido había sido borrada aquel fin de semana: estaba enamorado de ella y debía decírselo.

La miró de soslayo. Se había quedado callada y no quería romper su momento de recogimiento. Durante el fin de semana había estado a punto de decirle que la amaba en más de una ocasión, pero se había contenido porque quería hacer las cosas bien.

Respiró profundamente cuando detuvo el vehículo ante la casa. Era la primera vez que una mujer le hacía sentir tan nervioso pero, teniendo en cuenta que iba desnudar su alma ante ella, no era de extrañar. Debía tener cuidado en cómo se lo contaba. No quería asustarla.

—¿Vas a hablar con Nellie antes de que vuelva mañana, Ramsey?

La pregunta de Chloe rompió el silencio.

–Sí. Voy a llamarla.

–Me alegro.

Ramsey no pudo evitar sonreír al ver lo leal que Chloe era a sus hombres.

Bajaron y caminaron de la mano hasta la puerta. Una vez dentro, Ramsey preguntó:

–¿Quieres una taza de café?

–Sí, por favor.

En ese momento sonó el teléfono.

–Debe de ser Nellie. Le dije que volvería sobre las once.

Chloe asintió al tiempo que iba hacia la cocina.

–¿Hola?

–¿Señor Westmoreland?

Ramsey no reconoció la voz de la mujer.

–¿Sí?

–Soy Marie Dodson, de la agencia de colocación. Siento que no pudiéramos satisfacer su solicitud. Sin embargo, si todavía necesita una cocinera, tengo a la persona perfecta y…

–Espere un momento –la cortó Ramsey, desconcertado–. Claro que solucionaron el problema. La mujer que enviaron hace dos semanas…

–Debe de haber un error. No le enviamos a nadie.

Aquello desconcertó a Ramsey aún más.

–Claro que sí. A Chloe Burton.

Se produjo una pausa al otro lado del teléfono.

–No hay ninguna Chloe Burton trabajando para nosotros. La mujer que íbamos a enviarle era Constance Kennard, pero hubo un error y fue a otro trabajo. Yo misma llamé el lunes por la mañana para decírselo, pero me dijeron que estaba fuera. Una mujer tomó el recado y me dijo que se lo haría saber.

Ramsey sintió que se le formaba un nudo en el estómago. Frunció el ceño. Lo que estaba diciéndole Marie Dodson no tenía ningún sentido. Chloe había llegado aquella mañana, un poco tarde, pero había llegado. Y era una gran cocinera. Tenía numeroso testigos que podían confirmarlo. Pero si Marie Dodson decía la verdad…

—¿Señor Westmoreland?

Ramsey dio un respingo.

—Permítame que la llame en otro momento, señorita Dodson.

—Está bien. Como quiera.

En cuanto Ramsey colgó el teléfono, Chloe apareció desde la cocina con dos tazas de café.

Ramsey la paró en seco al preguntarle con aspecto enfadado:

—¿Quién demonios eres?

Capítulo Once

Chloe se quedó sin habla. Tomó aire y dejó las tazas sobre la mesa con manos temblorosas. Dejó escapar la respiración con nerviosismo y finalmente contestó:

—Qué pregunta más absurda, Ramsey. Soy Chloe Burton.

Ramsey se cruzó de brazos.

—¿Y trabajas para la agencia de colocación?

—No.

Ramsey frunció el ceño.

—¿Y para quién trabajas?

—Trabajo por mi cuenta. Y aunque me gusta cocinar no suelo hacerlo profesionalmente.

Ramsey guardó un prolongado silencio mientras la miraba fijamente. Chloe no lo había visto nunca tan enfadado, ni siquiera en las discusiones que habían tenido a lo largo de la primera semana.

—Voy a preguntártelo una vez más: ¿Quién eres y por qué te has hecho pasar por la sustituta de Nellie?

Chloe apretó los puños. Se arrepentía de no haber insistido más en contarle la verdad la semana anterior. Estaba segura de que su posición habría sido mucho más sólida.

Miró a Ramsey fijamente y al ver la frialdad y dureza con la que él la observaba, supo que era demasiado tarde. Carraspeó.

–Te vi el mes pasado en Denver y pensé que serías perfecto para la portada de la revista *Irresistible*.

Tragó saliva mientras veía en la mirada de Ramsey que éste ataba cabos.

–¿Quieres decir que trabajas para esa revista?

–No –dijo ella, sacudiendo la cabeza–. Soy la dueña.

Si las miradas pudieran matar, Chloe supo que estaría muerta. Vio cómo Ramsey apretaba los dientes; sus ojos parecían dos brasas.

–¿Y qué demonios hacías aquí aquella mañana?

–Vine a hablarte del artículo.

–¿Por qué? –exigió saber Ramsey en un tono que hizo desear a Chloe poder esconderse bajo el sofá–. Ya había dicho a la persona que me llamó que no me interesaba.

–Por eso quería venir personalmente: para tratar de convencerte.

Ramsey sacudió la cabeza.

–Pero decidiste hacerte pasar por mi cocinera y acostarte conmigo.

–Eso no es verdad –dijo Chloe sin pestañear–. Intenté explicarte a qué había venido, pero tenías tanta prisa que me ordenaste que preparara el almuerzo y te marchaste, dejando la puerta de la casa abierta.

–Porque creía que eras la cocinera.

–Nunca te dije que lo fuera, Ramsey. Te equivocaste. Cuando entré en la casa, llamaron de la agencia para decir que la mujer que esperabas no iba a llegar. Podía haberte dejado plantado con tus veinte hombres, pero decidí ayudarte.

–¿Por qué? ¿Para que me sintiera agradecido y aceptara hacer el artículo?

–Al principio, sí –Chloe quería ser lo más honesta posible–. Pero después de conocerte…

–Perdona, pero esto es increíble. Te hiciste pasar por quien no eras y…

–¿Y qué? ¿No te he ayudado estas dos semanas? Hace unos días intenté decirte la verdad, pero no quisiste escucharla. Dijiste que preferías dejar las conversaciones serias para hoy, así que eso no puedes echármelo en cara.

Ramsey rió con desprecio.

–Claro que puedo echártelo en cara. En primer lugar, porque no debías haberme engañado. Ya habría pensado en algo para resolver el problema de la cocinera. Y aunque me hubieras hecho un favor, yo no habría posado para la revista, así que tu plan no ha funcionado.

–Después de conocerte, la revista perdió toda importancia –dijo ella con tristeza.

–¿De verdad quieres que te crea? –preguntó Ramsey fuera de sí.

–Sí.

–¿Me has ocultado algo más?

Chloe se encogió de hombros.

–Mi padre es senador por Florida. Mi madre murió cuando yo tenía dos años y mi padre me crió solo –Ramsey la miró con expresión de incredulidad. Chloe continuó–: Y si quise decirte la verdad el otro día, después de hacer el amor, fue porque me estaba enamorando de ti.

Ramsey la miró en silencio.

–Si tu idea de estar enamorada es mentir, Chloe, no quiero tu amor –dando un profundo suspiro, tomó su sombrero–. Me voy. Cuando vuelva, espero que te hayas marchado –concluyó. Y saliendo, cerró tras de sí de un portazo.

Una vez en el vehículo, apretó el volante con rabia. No podía creer lo que acababa de suceder. Pensar que había estado a punto de abrir su corazón a aquella mujer mientras ella llevaba a cabo un sórdido plan, le producía escalofríos.

Nunca se había sentido tan furioso. Arrancó y condujo sin rumbo. Era domingo y casi toda su familia estaría en la iglesia. Dillon y Pamela se habían ido aquella mañana, y Callum y Zane habían viajado a Oklahoma para asistir a un rodeo. Quizá era lo mejor, pues en realidad no tenía la menor gana de socializar.

Aparcó el coche en el arcén y golpeó el volante con fuerza. ¿Cómo podía haber sido tan estúpido? ¿Por qué era el último en descubrir las estratagemas de las mujeres? Con Danielle le había sucedido lo mismo. Aunque hubieran cancelado la boda, lo cierto era que le había tomado el pelo. Arrancó de nuevo. Había hablado en serio y confiaba en que Chloe se hubiera marchado para cuando volviera. Pero por encima de todo, esperaba no volver a verla jamás.

–Tómate esto –dijo Lucia, dando a Chloe una infusión–. Te quitará el dolor de cabeza.

–Gracias –dijo Chloe, sin querer aclarar a su amiga que lo que le dolía era el corazón.

–Y luego deberías ducharte y meterte en la cama.

–¡Pero Lou, si es mediodía! –protestó Chloe.

–Sí, pero una siesta te hará bien.

Chloe se encogió de hombros. Sabía que la única cura para su mal era que Ramsey apareciera y le dijera que la amaba y que creía su versión de los hechos.

Una hora más tarde, seguía sentada en el sofá de Lucia, que se había ido a comer con sus padres. Chloe quería pasar tiempo a solas para repasar la escena con Ramsey, y cada detalle transcurrido desde que había llegado a su rancho dos semanas atrás.

Recordó las palabras de odio con las que la había despedido antes de marcharse, y cómo ella había tenido la tentación de esperarlo para intentar explicarse. Pero después se había dado cuenta de que nada de lo que le dijera podría hacerle cambiar de idea. Ramsey no la creía.

Había conducido hasta la casa de Lucia con la vista nublada por el llanto. Inicialmente había tomado la decisión de no prolongar su estancia en Denver, pero con el paso de las horas se dijo que, puesto que sus caminos no tenían por qué cruzarse, sería mejor quedarse un poco más y esperar a que su corazón empezara a recuperarse.

Ramsey sabía que sus hombres lo observaban y que llevaban haciéndolo las dos últimas semanas, pero había decidido actuar como si no lo notara.

La razón era obvia. Querían algo que no podía proporcionarles: querían que Chloe volviera. Aunque había hablado con Nellie antes de que recuperara su puesto en la cocina, su actitud había vuelto a empeorar tras la primera semana. Los trabajadores, como él, no podían evitar comparar lo que tenían con lo que acababan de perder.

Una parte de Ramsey quería gritarles que por muy buena cocinera que Chloe fuera, les había engañado, que no había sido más que una artimaña para obligarle a hacer algo que no quería.

Sonó su teléfono y agradeció tener una excusa para levantarse de la mesa. Entró en el salón y contestó tras comprobar la identidad de quién llamaba.

—¿Qué hay, Dillon?

—Me han pedido que te llame y trate de convencerte de que te quites de encima el peso con el que cargas desde hace diez años y que en las dos últimas semana parece haberse hecho insoportable.

Ramsey se pasó la mano por la cara. Era verdad que estaba de mal humor, pero nadie sabía por qué.

—No necesito que me agobies, Dillon.

–Muy bien, pero ¿puedo hacerte una pregunta?

–Sí.

–¿La amas?

Ramsey no había esperado esa pregunta, pero con Dillon no tenía sentido mentir.

–Sí.

Dillon hizo una pausa antes de decir:

–Puede que inicialmente te engañara, pero tú mismo has dicho que intentó darte una explicación y que le pediste que esperara.

–Sí, pero sólo porque creía que quería hablar de otra cosa.

–¿Y eso importa? Yo no puedo evitar pensar en la mujer que a lo largo de dos semanas se levantó a las cinco de la mañana para cocinar el desayuno y el almuerzo de tus hombres; y que además, los trató con amabilidad y afecto. Si lo piensas, es cierto que podía haberte dejado en la estacada. Y tú mismo has admitido que en las dos semanas que ella ha estado en el rancho, los hombres han trabajado mejor que nunca.

Ramsey echó la cabeza hacia atrás.

–¿Qué quieres decir, Dillon?

–Lo mismo que me dijiste tú hace unos meses: que en determinadas circunstancias, debía aprender a ser más flexible y especialmente, si había una mujer de por medio.

–Yo no quiero que Chloe forme parte de mi vida.

–¿Estás seguro?

Ramsey sólo estaba seguro de que seguía amándola. Tomó aire. En cierto sentido, Dillon tenía razón. No tenía por qué haber hecho el trabajo de cocinera con la dedicación que lo había hecho, o podía haberlo dejado plantado después del primer día. Pero no lo había hecho.

Además, le había dicho que lo amaba, pero él no había tenido la oportunidad de decirle que sentía lo mismo por ella. Muy al contrario, la había echado de su casa.

¿Se habría marchado de la ciudad? Esa idea lo obsesionaba.

Aquella tarde seguía sin poder quitársela de la cabeza mientras jugaba una partida de billar con Callum. La convicción de que si Chloe dejaba la ciudad la perdería para siempre le taladraba la mente, en la misma medida que lo obsesionaba poder decirle que le agradecía lo que había hecho por sus hombres aquellas dos semanas.

También era verdad que había sido él quien, temiendo lo peor, le había rogado que retrasaran la conversación que tenían pendiente. Y aunque las intenciones originales de Chloe hubieran sido deshonestas, lo cierto era que había cumplido y había mejorado la vida de todos los que la rodeaban.

Volvió a pensar en la posibilidad de que hubiera dejado la ciudad. La duda se le hizo tan insoportable que le pasó el taco a Callum.

—Voy a buscarla —dijo.

Callum se limitó a poner los ojos en blanco y a contestar:

—Ya era hora.

Chloe se separó del escritorio y miró por la ventana. Parecía mentira que hiciera tres semanas desde que había dejado el rancho de Ramsey. Tres semanas, y sus sospechas se habían visto confirmadas aquella misma mañana: estaba embarazada.

Pensándolo, se dio cuenta de que alguna vez se habían descuidado, como en la ducha, pero el cuándo daba lo mismo: lo cierto era que había sucedido y que tenía que decidir si debía decírselo antes o después de irse a Florida.

La semana anterior había comido con las hermanas de Ramsey. Por lo que dijeron, Ramsey estaba de mal humor y suponían que su actitud estaba relacionada con ella. A Chloe le había sorprendido que él no les contara toda la historia, y, tratando de reprimir el llanto, había acabado por contárselo ella. Las tres la creyeron cuando les dijo que amaba a Ramsey, y les entristeció que él no quisiera creerlo, pero también estaban convencidas de que Ramsey cambiaría de actitud en cuanto reflexionara. Era una lástima que Chloe no se sintiera tan optimista.

Se puso en pie y fue hasta el ventanal. Su trabajo en Denver había concluido y a partir de entonces, Lucia estaría al mando de la revista. Su equipo de la Costa Este estaba buscando un nuevo protagonista para el número de octubre y ella debía marcharse.

Volvió al escritorio y tomó el móvil para llamar a

Lucia, que había asistido a un seminario de dirección con otros empelados de la revista en Atlanta. Le saltó el mensaje de voz.

–Lou, voy a ir pronto a casa. Si me necesitas, llámame. Si no, nos veremos mañana cuando vuelvas.

Chloe se echó una larga siesta. Cuando despertó, vio que había anochecido y sintió hambre. Tras prepararse algo de comer, se dio una ducha y, poniéndose su vestido favorito, se sentó en un sillón para leer. En ese preciso momento, llamaron a la puerta.

Chloe miró por la mirilla y se quedó sin aliento al ver que se trataba de Ramsey.

Cuando abrió la puerta, él se quedó mirándola en silencio mientras pensaba, igual que el primer día que la había visto, que era la mujer más hermosa del mundo. Y también recordaba que tuvo que marcharse porque se sintió instantáneamente atraído por ella. De eso, y de haber dejado la puerta abierta, él era el único culpable. Había asumido que era la cocinera y no le había dejado explicarse.

Tras reflexionar, se había dado cuenta de que él mismo había contribuido a crear la confusión. Chloe tenía razón cuando decía que aunque su motivación podía no ser honesta, sí lo había sido el trabajo que realizó en el rancho.

–Ramsey, ¿qué haces aquí?

La pregunta de Chloe lo devolvió al presente.

–Me gustaría hablar contigo.

Chloe asintió y le dejó pasar. Cerró la puerta y sin invitarle a sentarse, preguntó:

–¿De qué quieres hablar?

–Quiero pedirte perdón. Es verdad que intentaste hablar y que fui yo quien lo impidió. De hecho, tenía miedo de lo que podías decirme.

–¿Por qué? –preguntó Chloe sorprendida.

–Fue el mismo día que habían venido mis hermanas, y temía que te hubieran presionado para que definieras tu relación conmigo. No quería arriesgarme a que te ahuyentaran o que me dijeras que no querías tomarte nuestra relación en serio. De hecho, había planeado decirte que quería que nuestra relación continuara.

Chloe lo miró con sorpresa mientras su corazón se aceleraba.

–¿De verdad? ¿Por qué, Ramsey? –preguntó, escudriñando su rostro con ansiedad.

Pudo leer la respuesta en el rostro de Ramsey, que reflejaba emociones que hasta ese momento nunca habían aflorado. Pero aunque pudiera saberlo, necesitaba oírlo de sus labios.

Ramsey se plantó delante de ella.

–Porque sabía que me había enamorado de ti, Chloe –alargó la mano para tomar la de ella–. Te amo, Chloe, y aunque no quiero agobiarte, quiero que nos casemos y que algún día tengamos hijos. Pero sé que primero tienes que desearlo tú también. No quiero que renuncies a nada por mí. Si tienes que viajar por la revista…

Chloe le selló los labios con un dedo.

–Estas semanas he descubierto que tengo un

equipo muy eficaz. Además, me encanta la idea de vivir en tu rancho y ser la madre de tus hijos.

–¿Te casarás conmigo? –preguntó él radiante, estrechándola en sus brazos.

–Sí.

–Podemos esperar todo el tiempo que quieras, si lo prefieres.

–Me temo que no va a poder ser –dijo ella, riendo a la vez que sacudía la cabeza.

–Yo lo prefiero así, pero, ¿por qué no?

Chloe le tomó una mano y se la llevó al estómago.

–Porque tu bebé está aquí –susurró.

Ramsey la miró boquiabierto.

–¿Estás embarazada?

–Estamos embarazados –dijo Chloe, dejando escapar una carcajada.

Estaba tan feliz que Ramsey ni siquiera se cuestionó cómo o cuándo había podido suceder si habían usado protección. Le daba lo mismo. La estrechó en sus brazos y le dio un beso lleno de amor.

Cuando alzó la cabeza, la mantuvo sujeta por la cintura.

–Nos casaremos en cuanto sea posible.

Chloe lo miró con expresión seria.

–Sólo si quieres. Muchas mujeres tienen hijos sin estar casadas y…

–Mi hijo nacerá como un Westmoreland.

Chloe rió.

–Si eso es lo que prefieres…

–Es lo que quiero. ¿Volverás conmigo al rancho esta noche para que hagamos planes?

Chloe lo miró con una sonrisa pícara.

–¿Sólo vamos a hacer eso?

Ramsey le devolvió la sonrisa.

–No creo.

Chloe le rodeó el cuello con los brazos.

–Lo sospechaba.

Cuando Ramsey agachó la cabeza, Chloe estaba ya esperándolo con la seguridad de que aquello no era más que el principio.

Epílogo

Nadie preguntó si había alguna razón para que se casaran tan pronto porque todos estaban felices por ellos. Era un soleado día de mayo y todos los Westmoreland habían acudido a la celebración.

Chloe estaba apabullada por la enorme familia política que había adquirido al casarse con Ramsey, entre cuyos miembros había algunas celebridades: el corredor de motos Thorn Westmoreland, el autor Stone Moreland, Rock Mason de pseudónimo; la princesa Delaney Westmoreland Yasir, esposa del jeque Jamal Air Yasir. Todos ellos la acogieron con los brazos abiertos. No podía dejar de sonreír al pensar en lo pequeño que era el mundo cuando descubrió que su padre conocía desde hacía tiempo al senador Reginald Westmoreland, con el que había coincidido en varios eventos. Y su felicidad era completa porque hacía unos días, Ramsey le había dicho que posaría para la revista.

Como habían decidido que querían una boda discreta, Chloe llevaba un traje de chaqueta blanco y fueron paseando hasta el rancho Shady Tree, donde los esperaban los invitados. Chloe pudo hablar con uno de los familiares mayores, como James Westmoreland, que era el responsable de que la rama de Atlanta y la de Denver se hubieran puesto en contacto. Después de hablar con él, había averiguado muchos más detalles de la vida de Raphael y del misterio que lo rodeaba.

Un poco más tarde, Ramsey la tomó de la mano y se alejó con ella de los invitados. También sus hombres habían sido invitados y habían acudido con sus esposas.

–Lo cierto es que no está claro si aquellas mujeres llegaron o no a casarse con Raphael –Chloe comentó, observando que Ramsey la llevaba cada vez más lejos.

Ramsey dejó escapar una carcajada.

–Yo sólo puedo confirmar que una sí llegó a casarse con él, porque era mi bisabuela, Gemma. Y lo sé porque tenemos el certificado de matrimonio. Las otras… ya lo averiguaremos.

–¿Hay alguien aparte de Dillon a quien le interese el tema?

–A Megan. Pero en lugar de hacer ella misma la investigación, ha decidido contratar un detective –Ramsey se detuvo y se volvió hacia Chloe–. Pero no te he traído aquí para hablar de Raphael.

Chloe miró a su alrededor y vio que habían recorrido una distancia considerable desde la casa.

–¿Y para qué me has traído?

Ramsey la estrechó en sus brazos.

–Para decirte en privado lo que ya te he dicho delante de todo el mundo. Te quiero, amor mío, y pienso demostrártelo el resto de mi vida, porque siempre te amaré y respetaré.

Chloe sintió que los ojos se le llenaban de lágrimas.

–Y yo te amo a ti.

En cuanto Ramsey la abrazó, Chloe supo que su vida iba estar llena de amor, pasión y noches ardientes en el territorio Westmoreland.